JN147405

私が見てきた世界

癒野　心
kokoro iyashino

ブックウェイ

広大な自然……

野に咲く花……

そして……

私の大切な宝物……!!

生きてる事に感謝。心から有難う……

もくじ

1 うつ病闘病記

①

うつを乗り越えた人は凄いと思う。尊敬する。何度も来る荒波に立ち向かい、ぶつかり、打ち砕いて行ったのだから……。本当に強い人で無いと途中で挫けてしまうだろう。そして、自殺を選び人生を終わらせてしまうだろう。

私は２０１４年11月に入院生活が始まり、今、三度目の入院生活を送っている。正直、二度目の退院の時、もう治ったんだ、解放されたんだと思っていた。しかし、それから一ヶ月後、強い希死念慮に襲われた。自分の考えが甘かった。油断していた。一年以上かかる事は理解していたはずだった。それでも、例外もあるものだと勝手に判断した。そして今、絶望の淵に立たされている。生きる希望が見い出せず、辺り一面暗闇だ。一度目の入院生活中、同じ様な心境になった時期があった。毎日、心の中には雪が降り積もり、前を見る事も出来なかった。その時の突破口は「チラージン」だった。うつによるものだと思っていた気持ちの沈みは、甲状腺機能低下症によるもので、薬の投与により、症状が安定し、退院を迎えた。

しかし、今は違う。明らかにうつによる希死念慮だ。思考が〝死〟から動こうとしない。この入院は本当に意味があるのかと思ってしまう。退院を迎えても、その日に死んでしまうのではないだろうか。何の為に生きているのだろうか。……と。

この文章は、私が実際に体験した事、そして、体験しなければ絶対に理解出来なかったであろう事を書き残しておこうと思い、書き進めている。

私は、幼稚園時代に、ある事をきっかけに人に相談する事、そして、人を信頼する事を止めた。何かにぶつかる度に、自分の中で解決方法を見つけ出し、常に自己完結し、自分の殻に籠もっていた。そうする内に、心の中に孤独感が芽生え始めた。そして、自分の存在意義が分からなくなって行った。

大学では、毎日の予習を怠らなかった。アルバイトも掛け持ちで働いた。自動車免許も取得した。常に心の中には、「誰にも迷惑をかけない」「決めた事は最後までやり通す」というポリシーがあった。それが裏目に出た。結局は、〝うつ〟という結果を招き、家族の中で一番迷惑をかけてしまっている。ずっと真面目にやって来た。どこがいけなかったのか、何を間違ってしまったのか、未だに分からない。だから前に進めないのだろう。

2

世の中の三人に一人が、人生で一度はうつを経験した事があるという。軽度の差はあれど、何故こんなに多いのか。又、こんなに沢山のうつ経験者がいる世の中で、何故人の痛みを理解出来る人が少ないのか。それは、精神病を正しく理解していない人が大半だからではないだろうか。考え方を変えると、三人に二人は未経験者なのだから、当然なのかも知れない。それでも、うつ病をもっと多くの人に正しく知ってもらい、身近で苦しんでいる人の支えになって欲しい。

　私の場合、うつ病の症状が進み、まず意欲が無くなった。勉強に身が入らなくなった。次に体が動かなくなった。脳が指令を出す事を止めたのだ。その為、生活全般がきつくなった。更衣、布団畳み、入浴、洗顔、家事……。そして、資格試験の受験日当日、遂に起き上がる事も出来なくなった。そして、受験は放棄し、初めて大学を休んだ。２０１４年10月１日の事だった。それから一ヶ月後、一度目の入院が始まった。未だにそうだが、私はナースコールを押した事が無い。というより、押す勇気が無い。これも、人に上手く助けを求められ無い、甘えられ無いという性格が出ている。

　その様な経緯で、入院が始まり、私の心の中では、長い長い冬が始まった。何度か病院の屋上まで足を運んだ。入る直前に、オートロックで施錠されたドアがあり、中に入る事は出来なかったが、実際に入る事が出来ていたら、今頃この世に存在しないだろう。自傷癖もある。最初は爪で腕を引っ掻いていた。次に壁を殴る様になった。それでも物足りず、雑誌を破る様になった。それから、シャーペンの先で腕を傷つけた。一度目の退院以降は、カミソリやカッターを使った。実際に、血が出たのはこの時が初めてだ。自傷行為というのは、次第にエスカレートして行く。体の痛みを感じられなくなる。入院中の今は、ひたすら頭を、壁にぶつけたり、殴ったりしている。道具が無い為、時には指先で腕を引っ掻く。一瞬だけ気が晴れる。

現在、私は三度目の入院で九日目を迎えた。気持ちの変化は特に無い。毎日、一日中死ぬ方法を考えている。

一つ変わった事は、文章が読める様になった。単なる時間潰しだ。私は何故、入院を選んだのだろう。一時的に安定し、退院しても、何か行動を起こそうと踏み出せば、再発するのが目に見えている。それなら、何も出来ないという事になる。何も考えず、動かず、ただじっと一日を過ごす。そんな人生は耐えられない。

3

しかし、私は〝無理をする〟の度合いが分からない。普通に過ごしているつもりでも、いつの間にか心に疲れが溜まっている。そして、「突然死にたくなった」「衝動的に自傷した」「思考が停止した」と言っても、理解出来る人は少ないだろう。必ず、「何で？」「きっかけは？」と訊き返される。答えなんて無い。無意識の内にそうなったのだから、本人にも分からない。

うつで苦しんでいる人にとって、一番響かない言葉は、「必ず治るから」「皆で乗り越えて行こう」だ。うつの渦中に居る人は、正直、自暴自棄になっている。だから、「何故〝必ず〟と言えるのか」「〝皆で〟と言っても私の本当の辛さや不安は分からないだろう」と考えてしまう。人の言葉を信頼出来なくなっている。

私は、人にＳＯＳを出すのが下手だ。ほんの僅かなサインを出す事はあるが、ほとんど気が付かれない。だから、私は少しずつ諦めている。むしろ、気が付かれない様に振る舞っている。その積み重ねがストレスに繋がるのだろう。今、三度目の入院は、終身刑を受け、刑務所に居る気分だ。きっとこの先も、希死念慮が消えずに、頭の中を支配して、一生入退院を繰り返すのではないだろうか。新しい事を始めるとすぐに悪化する私に、生きている意味はあるのだろうか……。

4

何か壁にぶつかった時、すぐに逃げる人。しなければいけない事をきちんとしない人。こんな生き方をしている人が私は嫌いだった。しかし、今になって時には自分に逃げ道を作る事も必要なのではないかと思う様になった。現実逃避の様に思えるが、そうではない。自分を守る為に必要な手段だ。自分にとって生き易い方法を考えるという事だ。実際、自分らしく生きられる方法を理解し、必要であれば人の力を借り、時には妥協しながら生きている人の方が、生き生きとしている。心が満たされ、充実した日々を送っている。

私の生き方は間違っていたのだろうか。こういう生き方をして来たからこそ「うつ」という難題が与えられたのだろうか。この難題を攻略するのはかなり難しい。凄く頭を使うし、長い年月がかかる。この難題に根気良く立ち向かい、最後まで諦めずに挑み続けた人にだけ、明るい未来が用意されているのだろう。

5

精神を患っている人にとって、一番の救いは共感だ。多くの言葉は不要だ。「そうだったんだね」「辛かったね」「不安だよね」という一声だけで良い。もし家族からこの様な言葉をもらえないのなら精神医療関係者に話すと良い。特に、常に患者と向き合っている看護師の方々は、その人が求める的確な言葉をかけてくれるはずだ。

6

今の私には1%だけ希望がある。生きようという気持ちがある。人生は一度切りだからだ。その人生を22年で自らの手で終わらせるのか。それとも天に還る時まで、本当にしたい事をして楽しむのか。例え、一生入退院の生活でも、生活範囲が自分の部屋だけだとしても、出来る事は無限にある。社会に貢献出来る事は沢山ある。これもその一つだと思う。多くのうつ経験者、その家族、友人、医療関係者に読んで頂き、うつという病気を正しく理解し、寄り添って欲しい。そして、ストレス社会を生きて行く上で、少しでも、自分の苦しさ、不安を一人で抱え込む人が減って行って欲しい。

7

辛くなったら自然を見ると良い。空を見上げると、雲が風と共に流れて行く。大きく深呼吸すると、新鮮な空気が体内に入って来る。夜になると、数え切れない程の星と、辺りを照らしてくれる月が輝いている。雨によって、植物は生き返り、太陽の光によって大きく成長する。雪の日も嵐の日も懸命に足を踏ん張り生き延びている。自然は本能のままに生きている。人間には理性というものがある。大抵理性は本能に勝つ。しかし、時には、自然の様に本能のままに行動してみても良いのではないだろうか。人を傷つけない限り。そうして生きて行く内に、一人でも多くの人に心から笑える日が訪れる事を願っている。

2　感謝の中に在る人生

1

人は誰かに何かをしてもらった時、助けてもらった時、感謝の気持ちを持つ。「有難う」と言う。「有難う」という言葉は、言った人の心を清々しい気持ちにし、言われた方は「力を貸して良かった、役に立てた」と温かい気持ちになる。

私は二十年間、人に甘えるという事をしなかった。というより、どうしたら甘えられるのか分からなかった。自分の意見が言えず、全てを人に合わせる。人が喜ぶ顔を見て満足していた。これで良いんだと思っていた。

人から頼られるのは嫌いでは無い。しかし、自分に甘い人間は嫌いだ。例えば、学校からの課題があり、自分は全てやり遂げて学校へ行く。すると、全く課題をしていない人が、「写させて」とやって来る。又、授業中に居眠りをしていて、授業が終わると「ノート見せて」とやって来る。この様な頼られ方は全く嬉しくない。「有難う」と言われて、嫌な気持ちになる人はほとんど居ないだろう。しかし、この様な状況で「有難う」という言葉をかけられても、心に届く事は無い。

時には、妥協も必要だと思う。しかし、自分は全く努力せず、他力本願で生きている人は、必ずどこかで壁にぶつかる時が来る。その時に誰も手を差し伸べてくれなければ、自分の無力さを知る事になるだろう。

2

私が、感謝の気持ちを持ったのは二十一歳になってからだ。２０１４年４月、二十歳の時に私は一人暮らしを始めた。それまでの二十年間は実家で生活していた。実家で過ごしていた時、私は自分を家政婦の様な存在だと思っていた。学校から帰り、洗濯物畳み・戸締まり・食器直し・食卓準備・お米研ぎ・

犬の散歩……出来る限りの事をして、家族の帰りを待っていた。犬と散歩している時が、唯一の癒やしの時だった。言葉にして返って来る事は無いが、私の気持ちを話している間、ずっと静かに聴いてくれた。散歩が終わると、私が立ち上がり家の中に入るまで側に付いていてくれた。家族の中で、私のこれらの行動は当たり前の事と捉えられる様になった。誰かに頼まれた訳でも無い。こうする事で、私は、家族の中での存在意義を必死で見出そうとしていた。

一人暮らしを始めて、家事は難なくこなせた。しかし、私が居なくても家族は成り立つのだと思い込んでしまった時、私の存在意義は崩れ落ちた。生きている意味が分からなくなった。そして、過食が激しくなった。心の中の虚しさを食べる事で埋めようとした。大学に入った頃から、過食はしていた。それが酷くなった。一日三食以外で、毎日千円以上を過食費に費やす日々が続いた。当時、弟は大学受験を控えた大事な時期だった。そして、兄は突然行方不明になった。その時が過食のピークだった。誰にも話せなかった。苦しい気持ちを全てSNSにぶつけていた。そして、うつになった。

入院する事が決まった。入院する時、「お金の事は気にせずに、ゆっくり休みなさい」という言葉をもらった。「うん」としか返す事が出来なかったが、感謝の気持ちが芽生えた。愛情を感じた。

うつになり、一度目の入院を終えて四ヶ月も経たない内に再入院し、二度目の退院の約一ヶ月後、三度目の入院が決まり、今に至る。周囲の人は退院＝完治と思い込み、本人は普通の人と同じ様に、入院前と変わらないペースで生活し、ある日突然心が爆発する。

3

私が心から感謝の気持ちを持ったのは、あの時が初めてだ。些細な事で「有難う」と発する事はあるが、本当に有難いと思っているかは別だ。私が本気で有難いと思ったのは、うつという壁によって、自分と向き合い、これまで生きて来た人生を見つめ直す時間を与えて下さった神様に対してだ。神様は、その人が努力すれば必ず乗り越えられる壁をお与えになる。私は自分を成長させるチャンスを頂いたのだ。神様は、私は乗り越えられると信じて下さって居る。この壁は、私が生きて来た中で一番高い壁だ。自力で乗り越える事は不可能だろう。今、人に助けを求める時なのかも知れない。これは、人の支えがあってこそ乗り越えられる壁なのかも知れない。

4

入院して気が付いた事は、私には多くの味方が居るという事。そして、苦しんでいるのは私一人では無いという事。自分自身も病できついはずなのに、「早く元気になれると良いね」「大丈夫」と、声をかけてくれる患者さんが居る。患者さんからかけられる言葉は、どんな言葉であっても、心に響く。元気付けられる。

本当は、もっと多くの事に感謝しなければならないのだろう。この世に生を受けた事、懸命に手探りしながら育ててくれた親、ずっと支えてくれている親友、家族が生きている事、生活出来ている事、当たり前の様に思える全ての事に感謝して生きなければならないのだろう。世界を見渡せば、普通の生活もままならない人々も居る。私は本当はすごく恵まれているのだろう。

5

こうして書き進めて行く内に、徐々に希死念慮が薄れて行くのが分かる。書き出す事で、色々な事に気が付く事が出来たからだろうか……。

人は一人では生きて行けない。この言葉の意味をうつになってようやく理解した。苦しい気持ちを、一人で抱え込んでいたら、次々と来る負の感情に押しつぶされ、立ち上がれなくなっていただろう。でも、私は今、生きている。何度も死のうとした。しかし、どんな方法を使っても死ねなかった。人は簡単には死ねない。この事を身を以て感じた。「生きろ、生きてもっと自分を成長させろ」そんな声が聞こえて来る様な気がした。

私が一番に感謝するのは神様だ。神様は、生きて行く中の様々な場面で選択肢を提示する。そして、自分の歩むべき道を考えさせる。正しい答えは無い。選んだ道の中には、必ず幾つかの壁がある。それを乗り越えれば人は成長し、次の選択肢が与えられる。その壁から逃げ、安易な道へ進もうとしてもまた新たな壁が立ちはだかる。

その積み重ねで、人としての在り方を身に付けて行く事が出来る。それが人生だ。

その次に感謝するのは、家族、親戚、親友、先生、看護師さん……。そのままの私を受け止めてくれる全ての人だ。その人、一人一人が居るからこそ今の私が在る。自分の知らない事を知っている人と関わるのは、凄く面白い。しかし、愚痴や悪口ばかり言う人と関わって成長する事は一つも無い。学ぶ事はただ一つ、悪口は人を悲しい気持ちにしかしない、という事。発する言葉によって、心が凄く重たくなる事がある。そして、それを聴く側も決して楽しい気持ちにはならない。弱音を吐く事は大切だと思う。しかし、それを話すのは、本当に信頼出来る人にのみだ。家族に話す場合、一日あった事を思いのままに話し、一晩で心と体を充電して、また新たな一日を迎える。

私の場合、各々がする色々な話を静かに聴き、自分の問題は話せないで居る。そして、一人で考え込む。この習慣を改めないといけない。まず、人を信頼する事。そして、心を開き、どんな事でも話せるようになる事。いままで、そうして来なかった分、習慣を変えるのには、時間がかかる。しかし、変わろうという気持ちを持ち続けていれば、少しずつ変わって行けるだろう。

7

感謝の気持ちを忘れた時、人は高慢になる。自分一人の力で生きているのだという錯覚に陥る。現実を見よ。人は一人では生きて行けないのだ。気が付かないだけで、必ず誰かの力を借りて生きている。全ての物事に感謝し、毎日を丁寧に大切に過ごそう。そうすれば、どんな壁でも乗り越えられる。生きている素晴らしさを感じられる。そして、いつの日か必ず明るい未来に辿り着くだろう。

3　平等に与えられたもの

①

一年は３６５日。一ヶ月は30日。一日は24時間。一時間は60分。一分は60秒。当たり前の事だが、私達には平等に時間が与えられている。しかし、人によって人生は様々だ。この限りある時間を有効に使える人は、日々様々な経験を積み重ね、成長して行く。『人生の中に無駄な事は一つも無い』という言葉がある。これは本当だろうか。ギャンブル・煙草・愚痴だけを言い合う飲み会……。この様な事に費やされる時間は本当に無駄では無いのだろうか。私から見ると、明らかに無駄な時間だ。

『歳を重ねる』という言葉を良く耳にする。そして、『経験を重ねる』という言葉もある。どう違うのか、又、どちらが良いのか。前者は、ただ歳をとったというだけである。そして、後者は、年齢に関係なく多くの経験をしているという事だ。当然、後者の方が人間的に成長出来るという事になる。ただ歳を取り、何も経験する事無く、人生のあらゆる壁から逃げ続けて来た人間は、人の痛みや苦しみを共感する事は出来ない。多くの経験をする事によって、辛い気持ちを抱えている人と向き合った時、自分が乗り越えて来た事と重ね合わせ、気持ちを分かち合い、励まし、心の支えとなる事が出来るだろう。

この世に生まれた瞬間に与えられる全員平等の時間。そして、一度切りの人生。与えられたこの人生を、私は有意義に使いたい。正直、高校生までは、〝人生〟や〝生きる意味〟について考えた事は一度も無かった。ずっと疑問に思っていた事は、何の為に勉強するのか、という事。国語、英語、数学は生きて行く上で、必要最低限、身に付けておくべき事だと思う。しかし、理科、社会は必要だと思えない。理系の職に就く人にとっては大切な教科だ。しかし、そうではない人にとっては、理科を学ぶ事が何の役に立つのだろうか。又、社会を学ぶ意味も分からない。公民や地理は現代社会を生きて行く上で必要だと思う。しかし、日本の歴史、世界の歴史を学ぶ事が何に繋がるというのだろうか。同じ過ち＝戦争を繰り返さない為という考え方もあるが、現に戦争をしている国がある。そして、日本も戦争を引き起こす可能性のある国になってしまっている。歴史は現代社会の中で、何も生かされていない。

私は、高校二年生から、理科と数学を学んでいない。国語、英語、社会の三教科を学んでいたが、高校生の時に、勉強が楽しいと思った事は一度も無い。中学一年生の時、英語で〝動詞〟が出て来た時につまずいた。全く分からなくなった。しかし、学習塾に通い始め、良い先生と出会い、英語が好きになった。英語を使った仕事がしたいとも思った。そして、言語系の大学を受け、フランス語学科だけに合格した。はっきり言ってフランス語を学んでいる時間が、将来何かの役に立つのかと思いながら勉強していた。

そうして、フランス語漬けの毎日を送っている内に、私は過食に走り、うつという壁の前で立ち止まった。そして、初めて、今まで生きて来た人生を振り返った。この時、就活の準備が始まり、内心かなり焦っていた。そこで、転機が訪れたのだ。このままで良いのか、いや、何か違う、そう思い悩んでいる私に、自分と向き合い、見つめ直す時間が与えられた。それから私は、三度入院した。一度目の退院後、介護福祉士なりたいと思う様になった。二度目の退院後、臨床心理士になりたいと思う様になった。いずれにしても、人の支えになれる仕事をしたいと思っていた。今でも、その気持ちは変わらない。

そして、三度目の入院をしている今、どんな形でも良いから、したい事を思い切りして、後悔の無い人生を送りたいと思っている。直接、人の役に立てなくても良い。私が人生を楽しんでいる事で、人を元気付けられる様な人になりたい。

2

うつを患って、何度も死にたいと思った。理由を訊かれても答えは出なかった。当たり前だ。病が脳を支配し、勝手にそう思わせているのだから。うつの正体を知って、本当の怖さを知った上で、私はもっと生きていたいと思う様になった。神様から与えられた試練をまた一つ乗り越えたのだ。

3

自分自身の心と向き合い始めて一年以上が経った。将来の目標も、心境も、次々に入れ替わった。

薬の力では無く、自分の気持ちを書き出す事で乗り越えられたというのは、大きな自信に繋がると思う。心に溜まったものがあれば、その度に書き出し、整理する。人に伝えられる事は伝える。そうすれば、この先、どんな壁にぶつかったとしても乗り越えて行けると思う。

繰り返す様だが、一度切りの人生だ。そして、自分の人生の主人公は自分自身だ。自らの手によって創り上げる事が出来る物語なのだ。どんな物語にするのかは自分次第だ。

4

神様は、全人類を平等に創り上げている。遺伝による多少の差はあるかも知れないが、悲しみ・苦しみと喜び・嬉しさ・楽しさの割合は平等だ。悲しい時も苦しい時も挫けずに、楽しい時や嬉しい時は最高の笑顔で、過ごして行く。そうやって、常にどんな現実も前向きに受け止めて進んで行けば、その人は人生の中で大きく飛躍する事が出来るだろう。

『笑う門には福来たる』という言葉は本当だ。どんな逆境に置かれても笑顔で居れば幸せがやって来る。辛い時は、作り笑いでも良い。実際、人と接する時、笑顔で居る人の方へ近寄りたくなる。それは、その人の側に居ると幸せな気持ちになれそうな気がするからだ。笑顔は人を幸せにする。自然と、幸せを招き寄せる。誰にでも今すぐに実践出来る、幸せを感じる方法の一つだ。

5

人生の分岐点は沢山ある。進級、就職、結婚、出産、病気、死別……。私は未だ、沢山の分岐点の半分も経験していないが、二十一歳の時、一度立ち止まる時間を作れた事は、この先の人生で必ず生きて来ると思う。

うつ病は誰もがなり得る病だ。新しい環境、未来に対する不安、そして孤独感。それは誰もが感じる気持ちだ。その気持ちを誰にも話さずに抱え込み、一人で乗り越えようとした時、人はうつになる。死にたい気持ちになる。誰もが常に何かしらの不安を抱えているのだ。

その気持ちを上手く発信する事で、必ず誰かの心に届く。共感してくれる人が現れる。その共感によって、不安は小さくなる。そうやって人々が困っている人に手を差し伸べ助け、時には人に助けられながら生きて行けば、本当の平和が訪れるだろう。

6

今の世の中には、毎日悲しいニュースばかりが流れている。何故、人は人を傷付けるのか。又、自分を傷付けるのか。それは、心の中が愛に飢えているから。人を大切にする、愛するという気持ちを知らないから。誰かに愛される、誰かを愛するというのは、全人類に平等に与えられた権利であり、大切な感情だ。人は、心が愛で満たされた時、周りの人に愛を分ける事が出来る。そして、愛を受け取り、自分の心が愛で満たされると、他の人に愛を与える事が出来る様になる。この様にして、愛の連鎖が、世界の端から端まで繋がった時、世界中から争い事が無くなり、笑顔の絶えない世界になっているのだろう。そして、メディアから流れるニュースは、楽しい・嬉しい出来事で溢れるのだろう。

経済的な貧富の差は、お金でしか埋められないが、人間が本当に求めているのは、お金では無く愛なのではないだろうか。経済的に豊かな人が、必ずしも幸せを感じているとは言い切れない。経済的には貧しくても、心は愛で満たされ、幸せだと感じている人も居る。愛はお金では買えない。人から人へと繋ぐ欠けがえのないものなのである。

4　世界一の宝物

1

私の父。現在五十四歳。一言で言うと真面目。お酒は週末だけ、煙草は吸わない、ギャンブルもしない。勿論、浮気もしない。結婚して二十五年、母を一途に愛し続けている。そして、何よりも家族想い。常に家族の事を考えている。性格は冷静沈着、マイペース。祖母の話では、この性格は、小さい頃から変わらないそうだ。

人と関わる上では、〝信頼関係〟を築き、保ち続ける事を重要視する。父の言動は全てここに繋がっている。例えば、身だしなみ。アイロンをかける時は、しわ一つ残さずピシッとかける。身だしなみは心の現れという事だ。

父は休日にも仕事をしている時がある。彼はかなりの努力家だ。職場が銀行から病院に変わった時、最初は戸惑っている様子だったが、投げ出さず、大量の本を買い込み、ひたすら勉強していた。その結果として、得たものは周囲からの〝信頼〟だ。

何をするにしても、時間厳守で、早め早めに行動する。だから、常に落ち着いて居られるのだろう。

どの様な考え方、捉え方をしているのかは分からないが、何か一大事が起きた時も全く動揺しない。彼の口からは、良く、「慌てたって、何も解決しない」という言葉を聞く。母があたふたと忙しく感情を揺れ動かしている傍らで、淡々と手順を踏み、事を進め、解決する。私達家族が父のこの冷静さに救われている部分は多々あるだろう。

2

私の母。現在四十九歳。母の脳内の九割以上は天然だ。稀に筋の通った事を言うが、大抵は真顔で少しずれた発言をする。母が学生だった頃、先生に褒められた事は〝笑顔〟だった。それは今でも言える。彼女の笑顔は、相手の心を癒す力を持っている。これは人と関わる上で、最大の武器となる。その為、今の職場である接客業は、彼女の〝最大の武器〟を生かしている事になる。彼女の笑顔によって、訪れたお客様は元気をもらい、「来て良かった、また来よう」と思えるのだ。

母は良く様々な歌を口ずさむ。歌詞やリズムは彼女のオリジナルだ。テレビ等で聴き、自分の聴こえた通りの歌詞とリズムで歌う。歌だけで無く、お笑い芸人の真似やダンスもする。これも全てオリジナル。これはある意味すごい才能であり、彼女の特技だと思う。間違っていても気にしない。楽しければ、間違いなんて関係ない。これが彼女の世界観だ。

しかし、仕事と家事をしている時は、かなり真面目だ。職場でも家でも走り回っている。たまに家族に頼る事もあるが、ほぼ全て自分で家事をこなし、仕事へ向かう。責任感の強さが表れている。

この様な性格から、母には友人が多い。人と壁を作らず、誰とでも平等に接する。特に親しい友人は優しい人ばかりだ。「類は友を呼ぶ」という事だろう。

3

私の兄。現在二十四歳。小学校の教師で、二年生の担任をしている。外見は全て父譲りだが、中身は母譲りだ。今では落ち着き、充実した生活を送っていると言えるが、教職に就く前までの生活は波乱に満ちていた。高校時代、受験直前の模試を受けたくないという理由で、誘拐されたと偽り、自転車で父方の実家へ向かい、押し入れに隠れていた。警察を動かし、捜査を進めて行く内に、結局は、嘘だという事が判明した。専門学校時代、「靴を買う」と言って、親からお金をもらい、船に乗り、母方の実家に遊びに行っていた。この時の理由は良く分からない。大学時代、飲み会で悪酔いし、意識が飛び、突然店を出て、道路を猛ダッシュし、道端で寝ていた所を保護され、朝まで交番でお世話になった。社会人一年目、京都で一人暮らしをしていたが、ある日突然行方不明になった。一週間、何の連絡も無く、家族・親戚全員が心配し、様々な手を使って探し回っていた。それから、数日後、本人の口座からお金を下ろした、という通知が実家に届き、東京に居る事が分かり、無事発見された。これらの出来事から、三度も警察のお世話になっている。

教職に就いてからの兄は、周囲からの評価も高く、子ども達からも人気がある。これもここに辿り着くまでに経験した事が生かされているのだろう。常に生徒と同じ目線で考え、とても分かり易い授業を心掛けている。クラスの生徒全員に目を配り、一人一人と真剣に向き合っている。どんなにきつくても、「辞めたい」と言った事は一度も無い。本当にしたい事を仕事に出来ている為、忙しい中でも充実感があるのだろう。

家族の中では、昔からムードメーカーだ。天然でしている事もあるのかも知れないが、人を喜ばせる事が大好きだ。そんな彼を慕い、寄って来てくれる人が大勢居て、休日でも必ずどこかへ出掛け、家に居る事はほとんど無い。日々、沢山の人と出会い、多くの事を学んでいる。将来、教師として、又、人として、目標にしたいと思ってもらえる様な、一人前の大人になれる様、これから先もずっと応援して行く。

4

私の弟。現在十九歳。大学浪人し、一年間勉強し、丁度受験を終えたところだ。彼は、浪人の為、東京に行く前まで、末っ子としての役割を全うしていた。甘え上手で自由奔放。自分がやりたくないと思ったらしない。そんな生き方をして来た。しかし、大学受験の時は違った。志望校に全て落ちた時、初めて現実の厳しさを知った。そして、自ら浪人を決意した。元々、頭が良い為、努力をすれば学力は伸びる。そして、彼にはスポーツトレーナーという目標がある。目標を定めると、それに向かって、一直線で突っ走った。最初の内は、「寂しい、帰りたい」と言っていたが、切磋琢磨出来る仲間・ライバルと出会い、努力を続けた。受験直前模試では、見事A判定を叩き出した。未だ結果は出ていないが、合格を手に、笑顔で帰省する事だろう。

弟の性格は、父譲りのマイペースだ。しかし、全体的に見ると、父母の性格を半々で受け継いでいる。家族を笑わせる為にひょうきんな事をしたり、真顔で面白い事を言ったりする。その反面、真面目且つ冷静で、滅多に動揺しない。いや、内心は緊張している時もあるのかも知れないが、顔には出ない。それと、カメラに向ける笑顔が苦手らしい。これは、父譲りだ。父も弟もカメラを向けると、口角をニッと上げる。作り笑いの達人だ。一方で、兄は写真を撮る時、必ず変顔をする。

多分、わざとしているのだと思うが、まともに映っているものがほとんど無い。これはこれで面白いが……。

一人暮らしを始めて親元を離れてから、弟の言動が少し変わった。家族の体調を気遣ったり、経済面を気にしたりする様になった。全責任を自分で背負い生活してみると、〝親の有り難み〟を始め、気が付く事が沢山あったのだろう。この一年で、学力だけでなく、人間的にも、一歩成長した様に思う。

5

私には息子が居る。最近十一歳の誕生日を迎えた。犬ではあるが、大切な家族の一員だ。名前は健。名付け親は、私と弟だ。二人で話し合い、親に提案し、飼う事になった。私が小学六年生の時、我が家にやって来た。最初は、環境の変化による恐怖心から、部屋中を走り回り、抱き上げると脚をピーンと伸ばして緊張していた。その頃の写真は、一枚しか残っていない。写真を撮る余裕も無く、毎日がハプニングの連続だった。

人間でいうと、八十近い老犬だが、動きは未だ未だ若々しい。散歩バッグを見せると、クルクルと回り、飛び跳ねて喜ぶ。こうして元気で居られるのも、日々の食生活と散歩があってこそだ。健はドッグフード以外におやつのジャーキーと鶏のササミしか食べない。というよりも与えない様にしている。ササミが食べられるのは、年に一度の誕生日と、夏にバーベキューをする時くらいだ。そのお陰で、これまで大きな病に罹った事が無い。名前の通り健康だ。

犬はすごく頭が良い。何も言わなくても、どこからか全てを感じ取っている。そして、落ち込んだり、泣いたり、はしゃいだりする。しかし、嫌な記憶はすぐに忘れてしまう。彼はこれまでに何度も脱走した。庭から逃げ出した事もあったし、散歩中に首輪が抜け、そのまま走り去った事もあった。そして、いつも心優しい人に保護され、帰って来る。帰って来た日は、尻尾が下がり、反省をしているが、数日経つと、何事も無かった様な顔をしている。そして、同じ事を繰り返す。家族はそんな行動に、いつも振り回されるが、皆、彼の事を大切に想っている。そこに居るだけで、見ているだけで、癒される。家族の一員として、大事な存在だ。

6

この家族の中で、私は二十二年生きて来た。男兄弟しか居ない影響で、高校生までボーイッシュな服装を好んだ。人生で初めて化粧をしたのは、成人式の前撮りの時だ。それまでは、大学へもノーメイクで通っていた。二十歳になって、素顔で外に出る事に抵抗を感じる様になり、母に化粧の仕方を教わった。服装は、大学に入ってしばらく経ってから、変わり始めた。それまで、母とは服の好みが正反対だったので、自分で買った服を着ていた。しかし、最近になって、母の好みに少しずつ近づいて来た様に感じる。徐々に母に似て来ているのだろうか……。

私と両親との共通点を挙げる。父とは性格が似ている。外見は、目・鼻・指の形が似ている。母の性格は二割ほど受け継いでいる。時々、天然だと言われる事がある。それから、食の好みが合う。洋食より和食、洋菓子より和菓子だ。

色々と似ている所を見つける度、改めて親子である事を実感する。この家族の中に生まれて来る事が出来て良かったと思う。今までも、これからも永遠に繋がっている。何があっても壊れない強い絆で結ばれている。お互いがお互いを思いやり、支え合って生きて行く。この世で一番大切な宝物だ。

5　人間の本質

①

この世の中で生きていて日常的に疑問に思う事がある。その中の幾つかを挙げる。

一つ目は、病院やマンションを見ると分かるが、4と9という数字が使われていない。何故だろうか……。4は〝死〟、9は〝苦〟を連想するからだろうか。この見方をしなければならないと、いつ誰が決めたのだろうか。実際のところ、4を〝しあわせ〟、9を〝くつろぐ〟という風に、前向きな捉え方をする事も出来る。勝手な考えだが、数字によって左右されるのは、気持ちの問題ではないだろうか。

数字に関して言えば、「ラッキー7」という言葉を良く耳にする。何故、7

がラッキーなのだろうか。6でも8でも無く、7なのは語呂が良いからだろか。もしかすると、何か理由があるのかも知れないが、良く分からない。
そして、何故一年を12ヶ月としたのだろうか。一週間が7日になった理由は、聖書を読めば分かる。しかし、一ヶ月には、28日の時もあれば、31日の時もある。何故、統一しないのか。こんな事を考え始めると、ℓ（リットル）やm（メートル）等、全てに対して疑問が湧いて来る。決められている方が便利な事が多い。しかし、誰がどの様にして決めたのかが分からなければ納得の行かない事ばかりだ。

2

二つ目は、人の感情について。人には〝怒り〟という感情がある。これが無ければ争いは起きないだろうが、そうは行かない。怒りの表し方、怒りを持つ瞬間は人それぞれだ。情けない、悔しいと思った時、それをバネに立ち上がる人も居れば、怒りを持つ人も居る。自分に対して怒りを持っている時、人や物に八つ当たりする。結局は、人や物を傷付ける。物は無機質な様に見えて命がある。作った人の沢山の想いが込められている。八つ当たりというのは、一時的な解消法であり、何の解決にもならない。

他人に対して不満がある時、その事を相手に穏やかに伝える人と、怒りを持つ人が居る。事実を穏やかな口調で伝えられると、多少傷つく事はあるかもしれないが、素直に受け止める事が出来る。これは、心に余裕がある人にこそ出来る事だ。しかし、怒っていると、周りが見えなくなり、自己中心的になってしまう。相手を頭ごなしに叱り、相手の意見に耳を貸す事も出来ない。又は、無視を決め込む。これは、言葉にしないコミュニケーションであり、相手を一番傷付ける。不満がある時は、相手にそのままの気持ちをしっかりと伝える事が最善の方法だ。

もう一つ、人は〝嘘〟をつく事がある。誰でも、一日一回は嘘をつくとも言われている。相手を傷付けない為の優しい嘘もある。しかし、一つ嘘をつくと、その事に対して更に30の嘘を重ねる事になる。言った瞬間から、既に真実が悟られている場合もある。それでも、人は嘘をつく。そうしている内に、自分が嘘で塗り固められた人間である事に気が付く。

例えば、最近では冤罪事件が良く起こる。これは警察側の過失だ。犯人逮捕、事件解決を急ぐ余り、僅かな証拠で、無罪の人間に自白させる。

こうして無実の罪を着せられた人間が、長い間拘留され、真犯人が見つかった時、釈放される。冤罪をかけられた人間は、損害賠償を請求する事が出来る。しかし、いくらお金があったとしても、失った年月は戻って来ない。この様な事が起こって良いのだろうか。国民を守る為の警察が、人の人生を奪ってしまって良いのだろうか。警察は多くの情報の中から真実のみを追求するべきだ。

3

三つ目は、人の行動について。雨が降ると、傘を持っている人は傘を差し、持っていない人は下を向き、急ぎ足になる。何故下を向くのだろうか。体の中で、顔が一番大事と言うかの様に、手で顔を覆う。私は一度、雨に、考え方を変えるきっかけをもらった事がある。散歩している時、突然雨が降り出し、傘を持っていなかった。家まで後十分以上歩かなければならない。最初は、下を向いてトボトボと歩いていたが、ふとこの雨には何か意味があるのではないだろうかと考えた。そして「辛い時こそ前を向け」というメッセージを天から受け取った。その事に気が付いてから、私は真っ直ぐ前を向いて、家まで歩き続けた。

一方で、雪が降ると、人は上を向く。傘を持っていても差さない人も居る。この違いは何なのだろうか。雪は、滅多に見られないからだろうか。雨も雪も元は同じだ。水が気温の影響で、形を変えているだけである。雪も溶ければ水になる。水は自然の恵みだ。水によって植物は生き返る。人間は自然と共に生きている。そう考えると、雪だけでなく雨も歓迎し、喜びを感じるべきではないだろうか。

四つ目は、人間そのものについて。「私には何の取り柄も無い」「僕は何も持っていない」と言う人が居る。しかし、私から見れば、その考え方は間違いだ。人間は生まれながらにして、多くのものを与えられている。目・鼻・口・耳・手・足……。そして体内には何億個もの細胞が存在する。五体満足でこの世に生まれ、生きているというだけで、本当は凄く有難い事なのである。中には、生まれつき五体不満足の人もいる。しかし、その様な人こそ、より力強く生きている様な気がする。自分の置かれた現実を受け止め、今出来る事を精一杯している。普段、当たり前の様に過ごしているが、目で見て、鼻で感じて、耳で聞いて、手足を自由に動かせる。これは、天から与えられた貴重な贈り物だ。自身の頭で考え、行動し、自分だけの世界を切り開く事が出来るのだ。そう考えると、「何も持っていない」人は、誰一人居ない。神様は、その人に必要な物は全て与えて下さっている。それをどう生かすのかは、その人次第だ。

4

5

最後に、人生について。人間は生後間もない頃は、本能のままに行動する。言葉を知らない間は、全て〝泣く〟事で表現し、意思を伝えようとする。お腹が空いたら、母親に食事を与えてもらう。オムツが汚れたら、新しく交換してもらう。寂しくなったら、抱いてあやしてもらう。身の回りの事は、全て親がしてくれる。

幼稚園や保育園で、集団生活をする中で、協調性が身に付き、理性が芽生える。そして、誰もが通る道だが、親に反抗する様になる。自我が芽生えた証だ。

反抗期を終えると、理性によって、自分をコントロールする事を学ぶ。

小・中・高・大と進学するにつれ、様々な壁にぶつかる。人間関係、受験、就活……。一つ一つ乗り越えて行く事で、心は成長して行く。

その後、生涯を共にする人と結婚し、子どもを授かり、今度は自分が子育てをする。歳を取るにつれ、今まで出来ていた事が出来なくなって行く。人の助けが必要になる。食事、入浴、着替え……。そして、体は次第に痩せ細り、小さくなって行く。生まれたての頃に還って行く。そうして、人は人生を終える。

この世に生まれた事は奇跡だ。人生は一度切りだ。それならば、自分にしか出来ない事を成し遂げ、後世に伝えて行く事が使命なのではないだろうか。

人間は、人生の中で多くの人と出会い、時に傷付き、時に傷付けてしまう事もあるだろう。しかし、人と出会い、関わる事は必ず何かの学びに繋がる。生きて行く中で、沢山の事を学び、自分を磨いて行く。そして、人生を終えた後、遺された人々に「この人との関わりで、多くの事を学んだ。出会えて良かった」と思ってもらえる様な生き方をしたい。

6　芸能界の厳しさ

1

まず疑問に思うのが、何故芸能界という世界を作ったのか、という事。テレビが発明されたのもきっかけの一つだろう。まず、ニュースを放送するとなったら、ニュースキャスターが必要になる。それに適した人材を集める事が、芸能界の始まりだったとも考えられる。テレビで流れているのがニュースばかりでは面白くない。〝様々な面で活躍している人々の様子を、多くの人に見てもらおう〟という考えもあったのだろう。テレビや新聞で見る芸能人は、一見華やかで輝いている様に見えるが、実際は違う。

芸能人と言えば、俳優・女優・モデル・アイドル・スポーツ選手・お笑い芸人・各種の専門家等が思い浮かぶだろう。どの分野においても、この世界で生き残るには、相当な努力と精神力を要する。俳優・女優の主な仕事は、ドラマ・映画・舞台で役者となり、その人の生き様を演じる事だ。幼い頃から子役として活躍している人もいれば、大人になってデビューした人もいる。演技と一言で言っても、簡単に行くものでは無い。泣く・笑う・落ち込む・喜ぶ……。人間の持つ豊かな感情を、その人物に成り切り、演じなければならないのだ。

そして演じる役によって、その人に対する印象が変わってしまう事もある。仕事として演じている為、本人の人柄や性格とは全く異なる。そうと分かって居ても勘違いされてしまうのだ。

さらに、ドラマ・映画・舞台に出演するに当たって、宣伝をする必要がある。そうなると、必然的にバラエティー番組の出演が増える。バラエティー番組ではお茶の間に笑いを届ける事が重視される為、ユーモアのあるトーク力が求められる。その時の活躍によっては、次の仕事に繋がる事もある。一言一言が次へ繋がっているのだ。

モデルの主な仕事は、どれだけ商品を美しく魅力的に見せられるかだ。商品と一言で言っても、服・バッグ・アクセサリー・髪、そして、自分自身の体……と様々だ。モデルに一番に求められる事は、スタイルだ。スタイルをキープし続けるには、相当な努力が必要となる。自分を磨き上げた人が身に着けるからこそ輝いて見える。時々、モデル兼女優をしている人を見かけるが、どの様に両立しているのだろう。公然に出るからこそ努力が続くのかも知れないが、ストレスを感じる事も多いのではないだろうか。

2

アイドルと呼ばれる人が、芸能界には男女問わず、大勢居る。アイドルに求められるのは、ファンの心を掴む為に、笑顔を絶やさずに、歌い、踊る事。人気が上がるのに伴って、ファンの数も増え全国を飛び回る事になる。そして、長続きするグループは、メンバー同士の仲の良さは勿論、どんなに有名になっても威張る事無く、ファンに対する感謝の気持ちを忘れない。

お笑い芸人は、有名な人から、一度もテレビに出た事が無い人まで合わせると数え切れ無い。実は、身近な人がお笑い芸人だったという事もあるのではないだろうか。それぞれ、ピン・コンビ・トリオで活動しており、必ずボケとツッコミという役割が決められている。

内容は大半が漫才かコントだ。コンビ・トリオを組んでいる人達は、無数にネタを考える事が出来るが、ピンの場合、売れ続けるのは難しい。本来、二人か三人でこなすボケ・ツッコミという役割を、一人でこなすか、ワンパターン化したネタに微妙に変化を加え続けて行く事になるからだ。ワンパターン化したネタは流行が過ぎると忘れられてしまう。完全に忘れ去られた頃に、同じネタを披露しても、もう受ける事は無い。

物真似芸人という人達もいる。彼らは大抵ピンで活動している。この中にも売れ続ける人と、流行で終わってしまう人がいる。

3

売れ続けるお笑い芸人には共通点がある。常に最新のドラマや時事問題を取り込み、且つ、万人受けするネタを作り出している。この世界は、売れ始めるまで、そして、売れ続ける為に、地道な努力が必要だ。

これと同系統と思われる職種で落語家が居る。落語家は、幾つもの噺を暗記し語るだけだと思っていた。しかし、実際は、師匠と呼ばれる人がいて、その人の下で修業を積み、その師匠の声のトーンや言葉の区切り方を、正確に覚え、話せる様にならなければならない様だ。さらに、観衆を引き込む表現力が求められる。言葉の一つ一つに的確な表情や仕草が合わさった時、初めて観衆の心に届く。常に身の回りにアンテナを張り巡らせ、自らの発言に対する聴衆の反応に目を配り、吸収して行く事が、この世界で生き残って行く術となるのだろう。

この他にも様々な職種の芸能人が居るが、全員に共通して言える事がある。それは自分自身の言動が全て公に晒されるという事だ。SNSでの発言は当然だが、プライベートな出来事である結婚・妊娠・出産、そして離婚・不倫……全てが報道される。ファンを裏切る事をしてしまうと、たちまち日本全国、場合によっては、世界中に広がり、芸能界から姿を消す事になる。それなりの覚悟を持って入らなければ生きて行けない世界なのだ。

5

誰もが一度はテレビに出てみたいと思った事があるだろう。しかし、実際にテレビに出るまでには、相当な努力と忍耐が必要である事が分かる。

4

そして、芸能人には、必ずファンがいる。誰も見ていないと思っていても、テレビで放送されている以上、誰か一人は必ず見ている人がいる。数少なくとも、応援してくれている人が居る限り、自分の言動に全責任を持ち、感謝の気持ちを忘れずに過ごして行って欲しい。これは芸能人に限らず、人として生きて行く上で、最も大切な事である。

7 スポーツの力

1

人生の中で、スポーツ経験のある方は多いだろう。特に子どもの頃に、部活や習い事で経験したという人が大半なのではないだろうか。では、スポーツを通して、どの様な事を習得する事が出来るのだろうか。先ず、単純に考えて、体力が付く。日々の厳しい練習によって誰もが身に付ける事が出来る。そして、その厳しい練習を耐え抜く忍耐力が付く。忍耐力が付く事によって、どんなに辛くても挫ける事が無くなる。練習を積み重ねる事で、技術が磨かれる。技術が向上して行く事を実感すると、更に努力しようという気持ちになる。

ほとんどのスポーツがチームプレーだ。例えば、テニスで言うと、ペアワークは勿論大切だが、チームの団結力が最も重要だ。スポーツに必ずあるのが試合だ。試合に出る為には、各々の努力が必要とされるが、その試合に勝つ為にはチームメイトによる応援が不可欠だ。応援の力というのは絶大だ。応援してくれる人が居る中で戦うと、いつも以上の力が発揮される。

試合に出ると緊張する事が多い。その要因の一つが羞恥心だ。人間は人前で何かを行うという事に対して過度のプレッシャーを感じる。この気持ちは、その行動に自信が無い場合、更に大きくなる。これは、日本人特有の感情だ。一番身近な事で言うと、容姿だ。顔や体型は人それぞれ違う。自分自身の本来の姿が大切なのにも関わらず、「格好良く見せよう、美しく見せよう」とする。女性であれば、全く別人と思われる程、派手な化粧をし、煌びやかな服やアクセサリーを身に着け、街中を歩く。時に、過度なダイエットや、トレーニングをし、体を壊す人も居る。これでは何の意味も無い。外国人を見ていると分かるが、外見にこだわっている人は少ない。Tシャツにジーパン、必要に応じてラフな防寒具や日除けグッズ。これだけで、胸を張り、堂々と歩いている。この違いは何か。内面の自身の有無だ。人間誰もが、内面が美しければ、内側から滲み出て、それを周囲の人は感じ取る。それは、表情や行動に表れる。内面を磨くには、日々出会う人から、どんなに小さな事でも学び、自分のものにする事だ。

自信がある時、緊張する事は少ない。スポーツにおいては、ひたすら練習を積み重ね、指導者に叱咤激励されながら、強い精神力が養われて行く。

私が幼い頃に経験したスポーツは、サッカー・野球・バレー・バスケ・卓球・バドミントン……と挙げ始めたら切りが無い。これらは、学校の授業や遊びの中で行った。その他に、水泳教室に通い、小・中学生の時にはテニスを習っていた。

遊びでスポーツをしている時には無い事だが、部活に入ると必ずあるのが上下関係だ。私は、中学生の時初めて、先輩ができた。先輩は、当然私より多くの練習と試合を経験しているので、勉強になる事も多い。そして、先輩の言う事は絶対だ。学年が上がると、自分にも後輩ができる。この時初めて、先輩の気持ちが分かる。そして、後輩の気持ちも分かる。言われて嬉しかった言葉、悔しく思った瞬間等を思い返しながら、後輩と接する。そうすればより良い関係を築く事が出来る。

チームはプレイヤーだけで成り立っている訳では無い。指導者、マネージャー、そして、サポートして下さる父兄の方々の存在があり、その全員を含めて、チームと言える。陰で支えて下さっている多くの方々に感謝し、プレーする事で、更なる充実感と達成感が得られるだろう。

2

3

テニスや卓球は生涯スポーツと言われている。一度経験し、基本的な技術を身に付けておけば、老若男女問わず、生涯楽しむ事が出来る。社会人になると、スポーツをする機会は減ってしまうが、趣味の一つとして持っておき、ストレス解消や健康維持を目的に活用する事も出来るだろう。中には、ゴルフを趣味として行う人も居るが、経験と知識が無い人にとっては難しい。理解出来れば楽しいのだろうとは思うが、私には未だその楽しさが分からない。

4

スポーツによって養われる事は沢山あるという事が、ご理解頂けただろうか。そして、幼い頃に培われた力は、大人になってからも生かされて行く。きつい練習を耐え抜いて身に付けた根性は、生きて行く中でぶつかる辛い事・苦しい事にも屈せず、立ち上がらせてくれるだろう。大勢の観客がいる前で戦った試合によって培われた冷静な判断力と、物事を客観視する力は、どんな仕事に就いたとしても有力な武器となるだろう。

技術を競い合う中で、難しい人間関係が生じる事もある。その中で、仲間・ライバルの大切さを学び、協調性が高まる。人間関係のトラブルはどこへ行っても必ず起こる。この様な状況に直面した時も、焦らずに対応し、落ち着いて解決する事が出来るだろう。

5

人が生きて行く上で必要な力を、スポーツは全て教えてくれる。そして、今まで知らずに居た能力が開花する事もある。一人一人が自らの人生で最大限の力を発揮し、生きる事に喜びを感じる為に、スポーツは存在するのではないだろうか。

気が付いた時がスタート地点だ。今からでも遅くない。何か一つでもスポーツを経験し、人生を力強く生きる能力を身に付け、自信の手で未だ見ぬ才能を開花させて欲しい。

8　絶望の先に在るもの

1

人生の中で絶望した事はあるだろうか。人はどの様な状況で絶望するのだろうか。不慮の事故に遭い、体が思う様に動かせなくなった時、大切な人が亡くなった時、会社をリストラされた時……。

私は今まで生きて来た中で、二度絶望した事がある。幼い頃から様々な病と向き合って来た。アトピー性皮膚炎、てんかん、摂食障害、うつ病、甲状腺機能低下症、貧血、適応障害……。

三歳の時、てんかんの発作が起き、入院した。当時、自分の病名すら知らなかった為、ただ検査を受け、病院での生活を送っていた。この時は〝絶望〟という言葉も知らなかった。てんかんを持っている事で困った事は、学校のキャンプや合宿で薬を飲まなければならなかった事、そして、自動車免許を取る時に、警察官との面談が必要だった事。薬は未だに飲み続けているが、あれ以来発作が起きる事は無く、脳波も安定し、ほとんど完治に近い状態になった。

もう一つ、私は生まれつきアトピー性皮膚炎を持っている。手足の関節部分、顔、首、背中にまで発疹は広がった。肌が爛れていた事で、小・中学生の時「気持ち悪い」と言われた事があった。悲しい思いはしたが絶望する事は無かった。成長するにつれ、症状は治まって行った。ストレスを感じたり、食生活が乱れたりすると、再び発疹が現れる事はあるが、今ではほとんど出なくなっている。

そして、大半の人が一度は経験した事がある虫歯。私は歯医者が苦手だ。てんかんの薬が合っていない時、歯茎が腫れ、歯科大学病院に通っていた事がある。虫歯を放置し過ぎて、神経を抜いた事もある。歯の治療は大抵、麻酔を使って行われる為、痛みを感じる事は少ないが、治療中も聴覚は機能し続けている為、鈍い機械音と歯に伝わる振動が嫌いだ。

成人を迎える頃、過食症になった。これが酷くなって来た時、一度目の絶望を感じた。毎日、時間もお金も食べる事に費やされた。「これから先、就職してお給料をもらっても、そのお金が全て過食費に使われる」「過食する為に働く人生に意味はあるのか」と考える様になった。そして、生まれて初めて〝死〟を考えた。人が〝死にたい〟と思うのはこういう時なのだと感じた。

その後、うつ病と甲状腺機能低下症を発症した。二十一歳から二十二歳の間に三度入院した。そして、二度目の絶望がやって来た。〝死〟という思考が固まって動かなくなったのだ。これは病気の症状の一つである為、本心では無いのだが、「死んだ方が良い」という考えが脳を支配していた。そして、本当に〝死にたい〟と錯覚する様になった。もし、この時入院していなかったら、本当に死んでいただろう。しかし、入院している以上、病院に全てを管理されているので、死ぬ事は不可能だ。ひたすら思考と闘い、周囲の人の支えによって、何とか抜け出す事が出来た。今では生きる事に楽しさを感じられる様になった。うつという病質上、また同じ様な波が来る事があるかも知れない。しかし、一度乗り越えたという事実は、次への自信へと繋がるだろう。

人が絶望した時、周りに支えてくれる人が居るかどうか、というのは重要な事だ。助けを求める人が誰も居なくて、一人で抱え込んでしまった場合、死を選んでしまう可能性が高い。この状況で、前向きな考えを持つ事は、非常に難しい。絶望する事態に直面した時は、先ず信頼出来る人に心境を話す事だ。一人だけの意見では無く、出来るだけ複数の人に話す事で、同じ物事を様々な角度から見る事が出来る様になる。そして、幾つかのアドバイスの中から、〝死〟以外の選択肢を見出す。何も行動を起こさなくても良い。生きているだけで、一日は過ぎて行く。何も考えずに、ただ時の流れに身を任せる。そうして居ると、徐々に「あれがしたい、これがしたい」という意欲が湧いて来る。それが「生きたい」という意欲に繋がる。

人生で一度は絶望という状況を体験した方が良い。すると、生きている事の有り難みを感じられる様になる。全ての事に感謝出来る様になる。そして、人の痛みが分かる様になる。絶望は、人生の分岐点になる。これは、今まで生きて来た人生を振り返るチャンスだ。今までの人生で学んだ事は何か、これからの自分に必要な事は何か、これからどう生きて行きたいか……。思い浮かんだ事は書き出し、記憶に留めておく。それからが再スタートだ。『負けたら終わりでは無い、諦めたら終わりなのだ』という言葉を聞いた事がある。何度転んでも、立ち上がれば良い。諦めなければ、必ず希望が見えて来る。

3

例えば、会社をリストラされたとする。家庭を持っている人なら、「もう養って行けない」「自分は社会から必要とされていないんだ」等と悲観的になってしまうだろう。しかし、仕事というのは、世の中に数え切れ無い程ある。一つの会社からリストラを告げられたとしても、働く場所は山の様にあるのだ。それに、人には向き不向きがある。一つの職種にこだわる必要は無い。他の職種に就いて、活躍する可能性も十分にある。生きているからには使命がある。一人一人果たさなければならない役割がある。それは、誰かから教えてもらう訳では無い。自分で見つけるものだ。そして、それに全力を注ぐ。使命を果たし終えた時、人間は自然と死を迎える。

5

人生とは冒険だ。先が見えないから面白い。良い大学を出て、良い会社に入る事が全てでは無い。如何に自分の才能を生かすかが重要だ。一度、目の前が暗闇になり、未来を思い描けなくなったとしても、死を選ぶ必要は無い。立ち止まり、心と体を休め、また前に進めば良い。人間の持つ可能性は無限大だ。気持ちさえあれば、何でも出来る。不可能を可能にする事も出来るだろう。『限界なんて無い、乗り越えて行くのだ』という言葉がある。自分に限界を作ってはいけない。限界だと思っていても、それを乗り越え、打ち壊して行けば良いのだ。

今、人生のどん底だと思っている人。どん底に居るという事は、これ以上、下は無いという事ではないか。気力を持って、立ち上がれば、そこから少しずつ上がって行く事が出来る。自分の人生を自分で終わらせてはいけない。自分の命は天からの授かり物だ。何事にも全力を尽くし、結果は天に委ねる。疲れた時は、〝休む〟という事に全力を尽くす。努力は必ず報われる。報われないと思っている人も、必ず誰かがその努力を見ている。そして、思いもよらない所から幸せを受け取るかも知れない。どんな時も、誰に対しても、胸を張って「今を全力で生きている。」そう言える様な人生を歩んで行こうではないか。

6

9 信頼の大切さ

1

人と関わる上で最も大切な事は何か。〝信頼〟だ。いつ、どこにおいても、信頼が無ければ何も始まらない。基本的な事で言うと、挨拶だ。「おはようございます」「ありがとうございます」「おつかれさまです」等、日々様々な場面で使われている。挨拶がきちんと出来る人は、初対面の相手に好印象を与える。印象と言えば、身だしなみも大切だ。もし、学校や会社で、寝癖の付いた髪、しわの寄ったYシャツ、傷だらけの靴を身に付けた人に、何か頼み事をしたいと思うだろうか。私は、思わない。頼み事どころか、その人の私生活が気になって仕方ない。どんな生活をしているのだろうかと勝手に考えてしまう。身だしなみは心の表れだ。更に、時間・約束を守る、笑顔で人と接するという事も、信頼に繋がる。

　又、日々の会話やメールの中で、相手の大切な日を覚えておくと、相手は「自分の事を大切に想ってくれている」と感じる。例えば、友人の就職試験の日を教えてもらっていたら、その当日に「今日は面接の日だね、応援してるよ」と声をかける。また、一度会話の中で、相手が「私、○○なんだ」「僕、○○をしているんだ」と言う様な内容を話してくれた時には、その人と再会した際に、「この間○○って言ってたけど、その後どう？」と切り出す。相手はどんな些細な事でも、〝しっかり話を聴いていてくれた〟〝覚えていてくれた〟という事に喜びを感じる。そこから、新たな会話が広がって行く事もある。これは簡単な様で難しい。もし、間違った記憶をしていて、「○○って言ってたけど……」と切り出してしまうと、その人との信頼関係はたちまち崩れてしまう。

恋愛においても信頼関係は大切だ。交際している男女が別れる一番の理由が浮気だ。中には、お互いが了承した上で、複数の男性・女性と付き合う人も居るが、それは例外だ。学生のする恋愛で、相手に求める条件は、趣味が合う・一緒に居て楽しい・自然体で居られる等が一般的だと思う。しかし、大人になると相手に求める条件が厳しくなる。結婚を視野に入れ始めるからだ。一生を共にする伴侶を決める場合、先ずその人の親を見る。どの様な環境で育ったのか。常識のある人なのか。親を見れば、その親に育てられた子どもの本来の姿が分かる。そして、その人の長所だけで無く、短所も受け入れられる様になる事だ。『あばたもえくぼ』という言葉があるが、これは恋愛にしか当てはまらない。恋愛している間は、相手のどんな面を見ても、格好良い・可愛いと思える。まさに『恋は盲目』だ。しかし、結婚を考える相手に対しては、見落としてはならない点がある。浮気をしないか。自分に合った金銭感覚を持っているか。物事を簡単に投げ出さないか。まとめると、何に対しても誠実であるか、という事だ。女性の中には、自分に対する本気度合いを確かめる為に、「妊娠した」と嘘をつく人も居る。それを聞いて逃げ出す男性は、その程度の気持ちしか無かったという事だ。そんな人と結婚しても、幸せにはなれない。喜んでくれる男性は、将来、良い父親になるだろう。もし本気で子どもが欲しいのなら、後から、「間違いだった」と訂正しても、一度逃げ出した男性とは復縁しない方が良い。喜んでくれた男性は、真実を知っても、怒ったり、責めたりする事は無いだろう。

そして、その人とは良い家庭が築けるだろう。

しかし、結婚前までは真面目で、誠実で、優しかった人が、結婚生活が始まった途端に、暴力を振るったり、ギャンブルにはまっていたり、酒乱だったりする。さらには、お金目当ての結婚詐欺師も居る。その為、結婚というのは、人生最大の賭けとも言える。

丁寧に信頼関係を築いた後に、裏切り行為をする人も居る。その代表が詐欺だ。電話口で「息子だ」と偽り、心優しい人を騙し、お金を奪うオレオレ詐欺。「アルバイトとして働かせて欲しい」と偽り、レジの操作方法や金庫の暗証番号を覚え、信頼を得た頃を見計らい、売上金を持ち逃げする詐欺。保険金や財産目当てで結婚する結婚詐欺。その他にも色々とあるが、頻繁に起こる詐欺事件を見ていると、信頼とは何か改めて考えさせられる。そして、一度詐欺被害に遭った人は、人間不信に陥る事もあるだろう。

そんなにお金が大事だろうか。お金を手に入れる為に強盗をする人も居る。そんな事に費やす時間があるのなら働け、と思う。この考え方は間違っているだろうか。わざわざ罪を犯してまで手にするお金に何の価値があるのだろうか。それに、悪業を働いて手にしたお金を堂々と使う事は出来ないだろう。後ろめたい気持ちになるだろう。

3

中には犯歴があり、どこにも雇ってもらえない人や、会社をリストラされ生活苦に陥っている人も居るかもしれない。しかし、そういう人は生活保護を受ければ良い。正直に事情を話し、手続きをすれば、国は助けてくれる。生活をして行けるだけのお金は手に入るだろう。

そもそも、お金があれば幸せになれる訳では無い。生きて行く為に、必要最低限のお金は必要だと思うが、大金を手にしたところでどうしようも無いのだ。むしろ、大金を手にし、人生の歯車が狂ってしまう人の方が多い。人間は、急な環境の変化には、順応しきれないのだ。

お金が無いと手に入らないものは沢山あるが、世の中にはお金では手にする事が出来ないものも沢山ある。愛、親友、笑顔……そして信頼だ。お金持ちになった途端に友人が増えた、皆が笑いかけてくれる様になったという人が居るだろう。そういう人に集まって来る人達は本物の友人では無い。心からの笑顔では無い。その人自身の人柄に魅かれて寄って来ているのでは無く、お金に寄って来ているのだ。お金持ちでは無くなった時、周りには誰も居なくなるだろう。

お金が無くても愛を注いでくれる人、親友で居続けてくれる人、笑顔を向けてくれる人、信頼してくれる人……。この様な人が身の回りに一人でも存在するだろうか。存在する、という人は魅力があるからだ。心が美しいからだ。そして、自分を心から信頼し、慕ってくれる人は、一生大切にするべきだ。

人から信頼を得る事。これは、全てを円滑にする。そして、人生を充実したものにしてくれる。その為に、まずは、自分の心に正直になる事から始めよう。そして、自分の心に恥じない生き方をしよう。

10　一生健康

1

　健康を維持し、長生きする為に必要な事は、食事・運動・睡眠・自分の時間を作る事だ。どれに関しても〝適度〟に行う。過度に行うと、生活習慣病に繋がる危険性もある。

　日本人の体質に一番合う食事は和食だ。米、汁物、野菜中心のおかず。一汁三菜が理想だ。米は太る、と考える人も居ると思うが、食べ過ぎ無ければその心配は無い。又、米には、ミネラルや食物繊維、多くの水分が含まれ、添加物が一切使用されていない為、体に優しい。

最近は、食生活の乱れが目立って来ている。戦後、欧米の影響で洋食が日本に伝わった。洋食の主食は、パン・麺類であり、全て原料は小麦粉である。小麦粉から作られる製品は、製造する際に、防腐剤、着色料等多くの添加物が含まれており、水分量も少ない。私の場合、小麦粉を原料に作られた物を食べ続けると、体がむくみ、肌が荒れる。これは人それぞれかもしれないが、小麦粉が日本人の体質に合っていない事は確かだ。又、米の方が満腹感が持続する為、食べ過ぎを防ぐ事が出来る。

その上、現代日本人は、日々時間に追われて過ごしている為、食事の時間をゆっくり設ける事が出来る人は少ない。そこで、ハンバーガー等のファストフードや、コンビニ弁当が有り難い存在となる。しかし、これらの食べ物は添加物の塊とも言える為、体に悪く、安心して食べる事は出来ない。さらには、食事をお菓子で済ませる人も居る。この様な食生活を続けて行くと、将来、身体を壊し、後悔する事になるだろう。

どんなに忙しくても、せめて一日一食くらいは、栄養バランスのとれた食事を心掛ける必要がある。

身体を動かす事で、汗を流し老廃物が排出される。そして、代謝が上がり、健康増進に繋がる。「忙しくて、運動する時間が取れない」と言う人も居るだろう。それならば、敢えて時間を取らなくても、生活の中で意識して取り入れて行けば良い。駅やスーパーには必ず、エスカレーターと階段が併設されている。急いでいる時、ついエスカレーターを選んでしまうが、そこで階段を使う。更に、一段飛ばしで上がってみる。すると、自然と足腰を鍛える事が出来る。実際、エスカレーターと階段とでは、大して時間差が無い。その他にも、近距離の移動には、車を使わず歩く。出来れば早歩きで。買い物をする時は、カートを使わずに、手でカゴを持つ。又、最近は、便利な電化製品が数多く普及している。掃除、洗濯、食器洗い……全て自動でしてくれる。これらの家電は家事の時間短縮になり、非常に便利だ。その反面、体を動かす機会が減ってしまう。時間がある時だけでも、掃除機を使い、自分の手で洗濯物を干し、食器洗いをする。この様に、日頃から、少し意識をし、工夫する事で、体を動かす事が出来る。

3

睡眠時間をしっかり確保する事は大切だ。そうする事で、一日使った身体と脳が休まる。脳は眠っている間に、その日入って来た記憶を整理し、必要無いと判断したものは消して行く。その為には良質な睡眠をとる必要がある。寝床に就く一時間前には、パソコン・スマートフォン・テレビ等の液晶画面を見るのを止める。そして、寝室に入り、部屋を薄暗くして、音楽を聴いたり、読書をしたりして、出来る限り脳に刺激を与えない様にする。その後、目を閉じて、眠りに就くと、熟睡出来る。

時々、夢を見る事があるだろう。不思議な事に起きるとすぐに忘れてしまう。夢に出て来る内容は、願望や不安に感じている事柄が多い。頭の中で考えている様々な事が、合わさって夢になる事が多い為、内容設定のほとんどが理解不能だ。

睡眠には、ゴールデンタイムという時間がある。22時00分~2時00分の間だ。この間に、成長ホルモンが分泌され、一日の中で損傷した細胞は修復されて行く。更に、美容にとっても、大切な時間だ。この時間により多くの睡眠をとる事で、ダメージを受けた肌が修復され、翌朝の肌のコンディションも変わってくる。

4

生活していると、大小の差はあれども、ストレスを感じる事があるだろう。全く感じていないと思っている人も、気が付かないだけで、ストレスは日々積み重なって行っている。そこで、一日の中で一分だけでも良いので、自分だけの時間を作り、心を癒やす事が必要になる。動物と触れ合う、好きな音楽を聴く、心置きなく話せる人と楽しく話す、好きな物を食べる……。時間がある時は、温泉に行ったり、旅行に出掛けるのも良い。どんな事でも良いのだ。忙しさで気を張っている中で、素の自分に戻れる時間を作る。そうする事で、心が安らぎ、また仕事や勉学に打ち込める。

『引き寄せの法則』という考え方がある。単純に言うと、自分が〝こうしたい、こうなりたい〟と思えば、それは現実化する、と言うものだ。勘違いしてはいけない。ただ、思っているだけで、現実のものとなる事は有り得ない。自分の中で実現したいと思う事が出て来たら、その為に出来る事を探し、行動に移す。だから、実現する。つまり、今、自分が生きている世界は、自らの思考が行動に繋がり現れているものであると考える事が出来る。

自分の部屋を見渡せば分かる。綺麗に片付いているだろうか。床に物が散乱していないだろうか。部屋は自分自身の心をそのまま映し出している。部屋が散らかっている時、あなたの心は乱れているのだろう。その事に気が付いたら、まず部屋を片付けてみると良い。物にはそれぞれ住所がある。出しっ放し、使いっ放しで放置されている物を元の場所に戻して行く。いつの間にか溜め込んでしまっている不要な物もあるだろう。「いつか使う時が来るかも知れない」と、捨てきれない人もいるが、過去一年で一度も使わなかった物は今後も使う事は無い。その〝いつか〟が訪れる事は無いのだ。リサイクル出来る物は分別し、それ以外の物は捨てる。こうして、徐々に部屋が片付いて行くに従って、心が浄化され、落ち着いて行くのを感じられるだろう。

5

〝平均寿命〟と〝健康寿命〟と言う言葉がある。両者の違いは、〝健康であるかどうか〟だ。どんなに長生きしたとしても、体が動かせず、寝たきりの状態という日々の中で、生き甲斐を見出す事は難しい。歳を重ねても、体を自由に動かし、したい事が出来る日々の方が、人生を思う存分楽しめるのではないだろうか。その為にも、心と体を労り、小さな心掛けを積み重ねて行く事が重要な鍵を握っている。

11　ストレス社会を生き抜く為に

1

社会問題と言ったら、どの様な事が思い浮かぶだろうか。増税、政治家の不祥事、年金問題、晩婚化、少子高齢化、育児放棄、虐待、ダイエットの低年齢化、自殺者の増加、地球温暖化……。挙げ始めたら切りが無い程沢山ある。中には、一つの問題発生によって、新たな問題を引き起こしている場合もある。

最近、税率が5％から8％に引き上げられた。そして、近い将来、10％に引き上げられる。税率の変化を最も実感するのが、消費税だ。買い物をする時、税抜きの価格が大きく表示され、その下にカッコ書きで小さく税込み価格が表示されている。8％に引き上げられてからしばらくは、高いと感じ、〝買う〟という事を躊躇っていたが、今ではこの価格が当たり前と感じる様になってしまった。多分、10％に引き上げられても、同じ感覚に陥るのだろう。そもそも、増税の理由は何だったのか。私の知る限りでは、福祉を中心とした公的機関・施設の充実を図る為だ。では、それは実現したのだろうか。増税前と比べて、大きな変化があったとは思えない。国は国民から納められた税金を何に使用しているのだろうか。政治家の中には、私事に使い込み、それを政治活動だと言う人が居る。又、国会中継を見ていると、皆が討論している最中に、目をつむっている人が居る。何かを考えているのか、居眠りをしているのか、真相は定かでは無いが……。一体政治家は何をしているのだろう。国民の代表として意見を述べ、答えを導き出し、国全体を牽引して行く存在でなければならないのではないだろうか。

又、年金支給開始年齢が六十五歳から七十歳に引き上げられる可能性も出て来ている。これは少子高齢化が大きく影響していると考えられる。

少子高齢化の原因の一つに晩婚化がある。女性の社会進出が進み、結婚して家庭に入るという女性が減って来ている。そして、女性には、リスクが少なく出産出来る年齢がある程度決まっている。高齢になるにつれて、妊娠の確率も低くなり、子どもを授かる事が出来ない夫婦が出て来る。子どもが生まれない事で、徐々に若者の数が減り、高齢者の数が増えて行く。高齢者が増える事によって、福祉施設は常に人不足だ。更に、働いて税金を納めてくれる若者が足りない為、高齢者に年金を支給する事が出来ない。そこで、〝支給開始年齢の引き上げ〟という計画が出て来てしまうのだ。要するに、〝高齢者も働け〟という事である。高齢者にも限界がある。働ける職種も限られ、低賃金しか支払われない。むしろ、働く事すら出来ない、介護を必要とする高齢者の方が増えて行くのではないだろうか。この様な事を、政治家は視野に入れているのだろうか。

2

晩婚化による少子高齢化が進む一方で、育児放棄や幼児虐待という問題も増えて来ている。何故、お腹を痛めて産んだ我が子を平気で傷付けるのか。その背景には、様々な事情が潜んでいる。

望まない妊娠、交際相手と別れた後に妊娠が発覚し、シングルマザーになってしまった、愛情の与え方が分からない……。この様な事態を防ぐ為にも、子どもが欲しいと思わない人は、必要以上に異性と肉体関係を持つ事を避けるべきだ。中には、事件に巻き込まれ、誰だか分からない相手との子どもが出来てしまったという場合もあるだろう。そうして生まれて来た子どもに愛情を注ぐ事は困難だ。しかし、生まれて来た子どもに罪は無い。全ては無責任な大人がとった行為の結果だ。それなのに、育児放棄や虐待を受けた子どもは、時に、死に至る。この子どもは何の為にこの世に生を受けたのか。親に、どんな事情があるにせよ、一つの欠けがえのない命なのだ。死んで良い命など一つも存在しない。子育てに悩んだら、まず児童相談所に行くべきだ。そして、必要ならば施設に預ける事も、子どもに恵まれない夫婦に養子として育ててもらう事も出来るだろう。

若者が結婚し、愛し合っている相手の子どもを授かったとしても、育児放棄に繋がる事がある。愛情の与え方が分からない場合だ。親となる人が子供の頃に、十分な愛情を受け取っていない時、自身が親になったとしても、子どもに愛情を注ぐ事は出来ない。それ以前に、愛情とは何なのかという事も理解出来ない。こうした人間が増えると、負の連鎖に繋がる。

子どもにとって、親は最も身近で頼る事の出来る存在だ。親は子どもの将来の基盤となる世界を共に築いて行かなければならない。子どもの唯一の財産である〝未来〟の可能性を最大限に広げてあげる事が、大人としての責任だ。

子どもに対する愛情不足によって起こる問題が他にもある。ダイエットの低年齢化と自殺者の増加だ。多くの人は幼い頃に育った環境の中から、自尊心を見出す。自分自身を尊く、大切な存在であると認識する気持ちだ。これは、何もしなくても生きているだけで、周囲はその人を愛しく思い、存在を認められて行く事で育つものだ。しかし、上手く愛情が受け取れず、存在を認められる事が少なければ、自尊心は確立しない。そして、成長するにつれて、自分の存在意義に疑問を抱く様になる。自分の存在価値を見出そうと、何とかして周囲の注目を集めようとする。そこで、一番手近で分かり易く、変化を感じる事が出来るのがダイエットだ。本来、ダイエットというのは〝痩せる〟という意味では無く、健康を維持出来る体重まで、増やしたり減らしたりする事を言う。そのくらいは、誰もが求められている事だと思う。しかし、度を過ぎると、身体に支障を来し、病気になる可能性が出てくる。小・中学生がダイエットを始める時、正しい知識の下で行う人は少ないだろう。ダイエットの王道は、一日三食、少量の間食、適度な運動だ。しかし、早く痩せたいという気持ちの余り、〝〇〇だけダイエット〟や、〝〇〇抜きダイエット〟というバランスを考えずに行う食事制限や、限度を超えた運動等を始めてしまう。始めて間も無い頃は、体重が落ちて行く事に喜びを感じるだろう。そして、更に減らしたいと思う様になるだろう。しかし、人間の身体というのは、バランスの偏った食事を続けていると、足りない栄養を欲する様になる。これは自分自身からの警告だ。それを無視し、間違ったダイエットを続けて行くと、ある日突然猛烈な食欲に襲われる。そして、今までの反動で手当たり次第の食べ物を口に入れ、リバウンドを招く。

これまでして来た努力は水の泡になる。そうなると分かっているのなら、最初から王道を地道に歩いて行く方が良いのではないだろうか。中には、リバウンドによって、ダイエット前の体重より増えてしまう人も居る。それに、何度も間違ったダイエットを繰り返す内に、代謝が下がり、痩せにくい体質になる。そこで、絶食を始めてしまう人も居る。初めの内は、するりと体重が落ちる。一時的に行うなら未だしも、この生活を一生続けられるかといったら無理だろう。仮に続けたとしても、体が持たない。どこかで倒れる。日が経つにつれ、食べる事が怖くなる。それ以前に、体が食べ物を受け付けなくなる。そして、最終的に、摂食障害になる。拒食症になった場合、栄養失調や低血糖症になる。嘔吐を伴う場合は、低カリウム血症になったり、歯が溶けたりする。過食症になった場合、気分の落ち込みからうつ病などを発症し、時には命を落とす危険性もある。ダイエットをするならば、始める前に、この生活が一生続けられるのか考えるべきだ。そうすると、自ずと正しい方法を見つける事が出来るだろう。

自殺者が年々増えて行くのは何故だろうか。前述したうつ病等の精神疾患によるものが、七割を占めているが、その他にも、いじめ、過労、ストレス等、人によって様々な理由がある。しかし、この様な悲しい結末を未然に防ぐ事も出来る。それが、〝愛〟だ。

世の中がストレス社会と言われている現代、最も必要とされているものが在る。前向きな考え方、感謝の気持ち、笑顔、優しさ、愛情……。その事に一早く気が付き、実践した人が居る。〝佐賀のがばいばあちゃん〟だ。彼女は戦争で夫を亡くし、七人の子どもを女手一つで育て上げた。その上、父親を原爆で亡くした孫・島田洋七さんも育てた。彼女に言わせると、「自殺は贅沢」だという。〝人生、何度でも再スタートを切る事が出来る。たった一度の人生は、楽しむ為に与えられた〟。そんな考え方を持っている人だ。

さらに、彼女の凄い所は、誰にでも優しいという事だ。身内だけで無く、泥棒や乞食に対しても、優しく接した。その優しさを知る多くの人が彼女を慕い集まった。人間以外にも、植物に対しても優しかった。「花屋の花は大きくて綺麗なのが当たり前」道端に咲く花を見て、「自分の力だけで咲いている花が一番美しい」と言った。彼女は見方を変える天才でもあった。「小さな花も、

5

蟻から見たら大きい」と。

貧しい中でも、常に、何事も前向きに考え、笑顔を忘れず、誰に対しても、優しく愛を持って接する。そんな生き方が、現代社会で、今まさに求められているのではないだろうか。

12 社会が映し出す人間心理

1

人間の心は不思議だ。自分で正しいと思っていても、他の意見に多くの人が賛成すると「そっちの方が正しいのではないか」と思えてくる。そんな人の心を顕著に表しているのが、〝言葉〟だ。日々、新しい言葉が生まれる一方で、今まで使われていた言葉が死語になって行く。

若者の間で、多く使われているのが略語だ。例えば、「了解」の事を「り・りょ」、「笑った」の事を「わろた」、文末に「笑」と付ける所を「W・草」と表現する。最近では、若者だけでなく、世間的に広まり使用されている略語もある。「育児をする男性」の事を「イクメン」、「就職活動」の事を「就活」、「結婚活動」の事を「婚活」と言う。

では、何故言葉を省略して使うのか。その要因の一つとして、スマートフォンの普及による、SNS・通信アプリ利用者の増加が挙げられる。ツイッター、フェイスブック、LINE等が、人と人とが意思疎通する手段として、多く使われる様になった。ツイッターは現時点の心境をそのまま文章にし、投稿する。そこから、「〜なう：今」、「〜わず：〜した」「〜うぃる：〜する予定」という言葉が発生した。LINEでは、トーク画面を開くと〝既読〟が付く。それを見て、相手がメッセージを見た事が確認出来る。しかし、ここには盲点がある。返信が遅くても気にしない、という人は良いが「既読が付いているのに、何故返信が無いのか」と怒る人もいる。これまでのEメールやCメールでは起こらなかった事だ。そして、「KS：既読スルー」という言葉も生まれた。しかし、メッセージを受け取った側からすれば、「開いたけど読んではいない」「読んだけど、後でゆっくり返信したい」「長文を打っているところ」等、様々な考えがあるはずだ。だから、若者同士のLINEの内容は、まるで会話をしているかの様に、短時間で何通ものメッセージが送受信される。そんな煩わしさを嫌い、最初から既読を付けずに、未読のままにしておき、返信出来る時に開く人も居る。未読スルーであれば、「未だ見ていないから、返信が無いんだ」と相手にも伝わるだろう。
この様に、自分の気持ちをより速く、より簡潔に伝える為に、略語が生まれて行くのではないだろうか。

2

家に居ると、様々なセールスマンがやって来る。半数以上の人が、「忙しい、面倒だ」という理由でインターホン越しに断る。私自身もセールスマンの話をじっくり聞いた事は無い。しかし、知人が営業で苦労しているのを見て、初めて、セールスマンの大変さを知った。セールスマンの仕事は、自社が行なっている事を、主に長所を取り上げながら、分かり易く説明し、契約を結んでもらう。一日何件とノルマが課せられている会社もある。営業は、一日に百件以上の家を訪問し、在宅していなければ、また後日改めて訪問し直す。知人の話によると、男性より女性、若者より年配の方の方が、話を聴いてくれる確率が高いそうだ。しかし、契約を結ぶとなると、家庭の中で決定権を持つ男性と話をしなければならない。

「結構です」「～なのではないですか？」と否定的な言葉を返されると、怖気付いてしまうが、そこで、一旦相手の言葉を受け止めた上で、更に、「この様な○○もあります」「○○な事が出来ます」と、納得の行く説明を重ねる。そして、ようやく一つの契約が取れる。

「家事がある、育児がある、仕事がある」と忙しい日々を送っている方が多いが、時間に余裕がある時だけでも良い、セールスマンが訪れて来た時には、一度最後まで話を聴いてみてはどうだろうか。仮に契約を結ばなかったとしても、セールスマンにとって〝話を聴いてもらえた〟という事実が、更なる意欲を駆り立てるのではないだろうか。時には、その話の中で思いもよらない情報を手にする事があるかも知れない。その上、セールスマンの仕事が如何に大変かという事を、頭の片隅に入れておけば、労いの言葉をかける事も出来るはずだ。些細な事ではあるが、その一言で、セールスマンは大きな喜びに包まれる事だろう。

3

人間の思考には、未だ見ぬ未来の事を考え、悲観的になるという傾向がある。人は何故、未来の事を考えるのだろうか。勿論、目標を立て、それに向かって努力する事は悪い事では無い。しかし、悲観的になるのなら考えない方が良い。生きているのは〝今〟なのだ。〝過去〟が〝現在〟を作り、〝現在〟が〝未来〟を作って行く。一秒前は既に過去だ。今、この瞬間をどう生きるかによって、未来の生き方が決まる。未来が見えなくて不安なのは誰もが同じだ。そんな事に時間を費やすくらいだったら、今を精一杯生きた方が良い。人生は自分の考えた通りの世界になる。生きている事が〝最高〟と思えるものになるか否かは自分次第だ。

悲観的になる人の心には、現在、不安や悩みがあるのだろう。それなら、何故、その事を不安に思うのか、悩んでいるのか徹底的に分析してみると良い。人に相談したり、講演を聴いたり、本を読んだりする。そうする内に、今まで思い付かなかった見方・考え方を発見出来るかも知れない。そして、物の見方・考え方を変える事によって、不安や悩みが徐々に薄れ、消えて行くのを感じる事が出来るだろう。

世界中の人口を数えようとしても、数え切れない程多い。人にはそれぞれ見方・考え方がある。それは、人の数だけ存在するという事になる。一つの事で行き詰まったら、他の人の見方・考え方を取り入れると良い。案外すんなり解決するかもしれない。自分にとっては頭を抱える事であっても、他の人から見れば何とも無い事だった、という事は良くある。何度失敗しても良い。諦めなければ、必ず前に進めるのだから。

私が尊敬する人の一人にマザーテレサが居る。彼女は、裕福な家庭に生まれ、恵まれた環境で何不自由なく育った。しかし、その全てを捨て、家族と離れ、インドへ向かった。彼女の活動の拠点は、インドのスラム街だった。彼女は生涯を通して様々な活動を行い、人々の心を救った。その中の一つに〝死を待つ人の家〟の設立がある。感染症や栄養失調で道端に倒れている人を運び込み、怪我をしている人には手当を施し、お腹を空かせている人には食事を与える。この施設に運び込まれて来る人は皆、死を間近に迎えた人達だ。何故、死が近いと分かっている人に、これ程手を尽くすのだろうか。それは、その人が息を引き取る時に「生きていて良かった」と思って欲しい、という想いがあるからだ。

外国で活動している以上、文化・言語・宗教の壁に必ずぶつかる。それを彼女は、愛の力で打ち砕いて行った。言葉が通じなくても、心を込めて接する事で、感じ取る事が出来るものがあるのだろう。愛は世界共通、そして誰もが求めている。

マザーテレサの活動は、世界に認められ、数々の賞を受けた。その中で最も有名なのがノーベル平和賞だが、この賞の記念パーティーが開かれると聞いた彼女はこの様に言った。「世の中には、貧困で一日生きて行くのも大変な人が溢れている。飢えて死んで行く人が沢山居る。その人々に、このパーティーに使われる食べ物とお金を贈って欲しい」と。

5

マザーテレサの様に、〝寛大な心を持ち、世界平和に為に活動する〟と考えると規模が大きく自分には出来ないと思ってしまう。しかし、最初は小さな事でも良い。〝一日一善〟、人の為に、人に喜んでもらえ、尚且つ、自分自身も喜びを感じられる事を探し、実行してみてはどうだろうか。今、人が何を求めているのか、相手の立場に立って行動する。人と人とが助け合う。そんな人が増えて行く事で、本当の幸せが訪れるだろう。

13 人に尽くす喜び

1

私は過去に五度の入院を経験した。その内の三回は精神科だ。その経験の中で、医療に携わる人の想いを考える様になった。

これまでに出会った医療関係者は、医者・看護師・薬剤師・臨床検査技師・臨床心理士・社会福祉士の方々だ。入院でも外来でもそうだが、主治医の先生が一人居る。患者の症状を全て把握し、必要があれば薬を処方する。そして、患者の症状の変化を見て、薬が合っていなければ新たな薬を試す。その繰り返しだ。

私は精神病があるので、精神科やメンタルクリニックに通っている。そこで出会ったのが臨床心理士の方だった。精神病患者にとって一番の薬は、人に共感してもらう事だ。精神安定剤や睡眠導入剤等は、その補助と言って良い。メンタルクリニックで出会った臨床心理士の方に、私は、家族にも親友にも話した事が無い事を全て話した。心理士の方は、仕事上、多くの人の悩み相談を受けている為、どんな話をしても驚く事無く、叱る事も無く、ひたすら話に耳を傾け、共感してくれた。

入院していると感じるのが、医者より看護師の方が患者の事を良く理解しているという事である。日勤、準夜勤、夜勤の三交代制勤務の中で、常に患者と向き合い、一人一人にとって最善の対応策を考えている。優しく指導する人も居れば、厳しく指導する人も居る。

2

私の中で、特に印象に残っている看護師の方が数名居る。一人目は女性の方で、いつも優しく、明るく、前向きで、多くの患者さんに慕われていた。いつ見ても、誰かから相談を受けていた。しっかりと全ての言葉を受け止め、時には厳しく的確なアドバイスをして頂いた。私は〝気持ちノート〟というものを作って、日々感じた事や心境の変化を書き綴っていた。その一部を彼女に読んでもらった所、「最初から読みたい」と言われ、全て読んでもらう事になった。その頃には、ノートは四冊目に突入していた。過去の三冊を渡すと、彼女は、夜勤の仮眠の時間を削ってまでして、一日で全て読んでくれた。それだけでも、十分嬉しかったが、更にアドバイスを頂いた。「そのままで良い。そのままの自分を受け止めてくれる人が必ず居る。人に流されない事。たまには自分を緩める時間を作る事。大丈夫。」と。決して否定的な言葉を使わず、前向きに励ます。私は、そんな彼女に、入院中何度も救われた。

二人目は、男性の方で、責任感が強く、看護師というプライドを持って患者と向き合っている方だ。最初の頃は、その方に対して〝厳しい〟というイメージしか持っていなかった。在る時、私が丸二日食事を摂らず、薬以外では水も飲まない時があった。〝死にたい〟という思いが強く、しかし入院している以上、餓死という方法しか思い付かず、この様な行動をとっていた。二日経った頃には、頭がふらふらし、歩く事も話す事もきついくらいになっていた。その時に部屋に来たのが彼だった。〝怒られる〟と思っていたが、穏やかに、そして真剣な眼差しで、「食事は摂らなくても、水くらいは飲んで」と言った。正直、その時、コップを口に運ぶという動作もきつかった。すると彼は私の意思を読み取り、自らコップを手に取り、水を飲ませてくれた。一口飲んでは一分以上休む事を繰り返していた。

その後、私は少しずつ食事を摂る様になり、生気を取り戻した。それからは、彼を〝温かく誠実な人〟として見れる様になった。〝その方に命を救われた……〟今になってこう思える様になった。

この二方以外にも、多くの看護師の方が居るが、全員に共通して言える事は、〝優しい〟という事だ。全員が患者の為に、看護師魂を持って、全力を尽くしている。

精神科の治療の一環として、作業療法が取り入れられている。人それぞれではあるが、私は〝集団の中で集中して作業に取り組む。人との上手な距離の取り方を身に付ける〟等が、この治療の目的とされていた。そこで活躍していたのが作業療法士の方だ。作業の内容は、折り紙・刺し子・パソコン等の個人活動と、スポーツ・調理・音楽などのグループ活動がある。活動中は、一人一人の作業状況を見ながら、その日の体調や課題にしている事等の話をする。必ず全員に話しかけ、現状を患者本人の口から聴く。私にとって、作業そのものよりも、作業療法士の方と話す事の方が治療になっている様に感じた。それ程、患者全員の事を気に掛け、その人に必要な事は何かと、常に考えて下さっていた。

4

退院が近くなると、社会福祉士の方と話す機会が増えた。退院後に、どの様な生活を送るのか話し合った。私の場合、「デイケアに通った方が良い」という指示があったので、自宅周辺で探して頂き、見学・体験後、最終的に選んだ所に連絡を取り、手続きして頂いた。この他に、転院する時等も、患者に必要な情報を提供し、時には車を運転し、転院先まで連れて行くという事もある様だ。一人一人に適切な対応を考える為にも、日々患者の状態・変化を把握しておく事が必要とされる。

5

その他にも、直接患者と接する事は少ないが、臨床検査技師や薬剤師といった方が居る。彼らは、医者の指示の下で働く裏方とも言える存在だ。裏方とはいえ、彼らの存在が無ければ、病院は成り立たない。検査をする事で、症状の変化が一目で分かり、新たな病気の発見に繋がる事もある。薬によって、症状の改善が見込める。裏方であるからこそ責任があり、治療に大きく貢献していると言える。

6

医療関係者は、常日頃どの様な信念を持って患者と向き合っているのだろうか。ある看護師に「どんな時にやり甲斐を感じるか」訊いた事がある。その方の答えは、「患者さんが元気になって行く時」「有難うと言われた時」だった。医療に従事する全ての人が〝一つでも多くの命を救いたい〟と思っているのだろう。

どんなに素晴らしい名医でも一人の人間だ。失敗する事もあるだろう。しかし、もし仮に、その失敗によって患者が命を落としてしまった場合、遺族から堪え難い非難を浴びる事になる。その責任の重さは計り知れない。これは、医者だけで無く、全ての医療関係者に言える事である。

又、〝明日は我が身〟と言う様に、ある日突然、自身が患者になる事も有り得るのだ。そう考えると、いつどこで何が起きるか分からない。目の前で突然人が倒れる事もあるだろう。その様な時に、咄嗟に対応出来る知識と技術を、国民全員が身に付けておくべきである。

そして、医療に携わる全ての人が、与えられた使命を全うし、国民に生きる力を与え続けてくれている事を、常に心に留めておかなければならない。

14 言葉の真意

1

外国人にとって、日本語を習得する事は難しい。何故なら、ひらがな・カタカナ・漢字があるからだ。英語の場合、単語の数は無数にあるが、基本的にはアルファベット二十六文字を覚えれば良い。日本人である私から見ても、日本語は難しいと感じる。

まず、同音異義語というものがある。声に出せば同じ音だが、意味が異なる言葉である。例えば、「はし」には、「箸・橋・端」という漢字が当てはまる。「あし」には、「脚・足」の二つが使い分けられている。「脚」は付け根からくるぶしまでを表し、「足」はくるぶしから下を表す。「きく」には、「聞く・聴く・訊く」の三つがあり、「聞く」は自然と耳に入って来る、聞こえる事、「聴く」は意識を集中して聞く事、「訊く」は尋ねる事を意味する。同様に、「みる」も「見る・観る」があり、「見る」は自然と目に入る、見える、「観る」は意識して観る、観察するという意味で使われる。これ以外にも、意味によって漢字が異なる言葉は数多く存在する。日常的な会話の中で使われている言葉ではあるが、文章にしようとした時、正しい字が思い浮かばないという事が多い。

2

外来語という言葉も存在する。外国から伝わり、国語として使われる様になった言葉である。その多くが、英語表記出来るものをカタカナで表した言葉である。洋服・洋食・洋菓子・洋館に当たるものは全て外来語だ。例えば、「マフラー・タイツ・チョコレート・ケーキ・マンション」等がある。しかし、日本で使われる外来語の全てが、英語圏で通用する訳では無い。海外では全く別の言葉で表されている場合もある。又、最近では、店名や商品にフランス語が使用されているのを、良く見かける様になった。例えば、[le sac] という文字の入った一見お洒落なバッグがあるが、これはフランス語で「バッグ・鞄」という意味である。つまり、バッグに「バッグ」と書いてあるだけだ。日本語や英語で書くより、お洒落な印象を与えるからだろう。マグカップに [merci] と書かれているものもある。これは、「有難う」という意味だが、日本語で「ありがとう」や、英語で [Thank you] と書くよりも粋な感じがする。又、口紅を「ルージュ [rouge]」と言う人が居るが、これもフランス語で「赤」という意味だ。この様に、外国語の発音をそのままカタカナに変え、日本語として使われている言葉が非常に多い事が分かる。

3

日本語の中で、一番難しいのが漢字だ。数が膨大である上に、細かい部位の変化で全く違う意味になるものもある。簡単なもので言うと「祈・折」「恋・

変」「著・箸」「描・猫」等がある。私自身、二十年以上日本人として日本で生活しているのにも関わらず、未だ知らない字が山の様にある。本や新聞を読んでいると、見た事も無い漢字が次々と出てくる。その度に勉強し、覚えて習得して行くのだが、時には、小学生の時に習ったはずの漢字を忘れてしまっている事もある。見ると、〝ああ、そうだった〟と思い出すが、たまにしか使わない漢字は忘れてしまっている事が多い。

最近は、パソコンやスマートフォンの自動変換機能に頼って、画面上で文章を作成する事が多くなって来ている。頭では分かっているつもりでも、いざペンを持って書くとなると、パッと出て来ない。手紙や葉書を手書きする時、簡単な字をひらがなで書いていると恥ずかしい思いをする。そうならない為にも、日頃から本や新聞を読み、学ぶ習慣を身に付ける事が大切だ。

様子や身振りを伝える言葉として擬態語がある。これも、外国人が理解し難い言葉の一つだろう。例えば、雨が降っている時、小雨なら「ぱらぱら」、大雨なら「ざあざあ」と言う。誰かに向かって手を振る時、手だけで振ると「ひらひら」、腕から大きく振ると「ぶんぶん」と言う。この様に似た様な状況を示すのに、異なる言葉が使われる事がある。何を基準にして言葉を使い分けるかは、その人の感じ方次第なので、人によって表現の仕方が変わって来る。

4

5

本や新聞の中に出て来る言葉の使い方を見ていると、同じ意味を表す事柄を、別の言葉に置き換えて表現されている事に気が付く。例えば、「子どもを授かる」・「子どもができる」、食べ物を「摂る・食べる」、人が「学ぶ・勉強する・勉学に勤しむ」、職に「就く・従事する」、人と「関わる・携わる」、人が「亡くなる・死ぬ・息を引き取る」等、一部ではあるが、人の一生を表す言葉だけでも、これだけの表現方法がある。これらは、時と場合に応じて使い分ける事が出来る。日々生活する中で、適切な表現を選び、使用して行かなければならない。

6

大昔の話だが、人間は言葉で意思を伝える能力を持っていなかった。しかし、人類の先祖にあたる人々が、言葉を使うという能力を身に付けた。その言葉が受け継がれ、時代と共に様々な変化を遂げ、現代の私たち人間は、当たり前の様に言葉を使い、意思疎通している。人類の先祖は猿だと言われている。北京原人やクロマニョン人等が、時を経るに従って、様々な知識を身に付け、四足歩行から二足歩行になり、脳が発達し、今の人間に至るのだ。人の繋がりは家族だけでは無い。一人一人が、自分の先祖を遡ると、実は、世界中の人全員が繋がっているという事も有り得るのだ。そう考えると、誰に対しても親しみを感じ、優しく接する事が出来るのではないだろうか。言葉や文化の壁も簡単に乗り越えられるのではないだろうか。

7

言葉を見ると、社会の変化や人々の心境の変化が分かる。それぞれの時代には流行語がある。流行語の中から、その時代の人々の心境や、大事にされている事が読み取れる。例えば、最近では、直接会って話をする機会が減り、電話やメールで済ませる人が増えて来た。電話やメールを使う上で怖いのが、相手の表情が分からない事だ。電話であれば、話し方や声のトーンで、多少は相手の気持ちを察する事が出来るが、メールは全て文字でのやり取りだ。

敢えて、心情を説明書きする人はほとんど居ないだろう。表情を表す為に、顔文字を使う人も居るが、それだけで心情を読み取る事は難しい。中には、顔文字を全く使わない人も居る。特に問題なのが、若者同士で交わされるメールは、一文もしくは一言、時には一文字である事が多い。その様な場合、「元気?」「元気です」というやり取りをしても、果たしてそれが本当なのかは画面越しには分からない。「何で?」と一言送られて来ると、送った側に悪意は無くても、受け取った側からすると、〝ただ疑問に思っているのか〟〝怒っているのか〟分からない。そこから、誤解が生まれ、トラブルが発生する事もある。

便利な世の中になった事は確かだが、せめて大切な話をする時くらいは、相手と直接会い、目を見て、表情の変化を感じながら、会話をする必要があるのではないだろうか。距離が遠すぎて会えないと言う人も居るだろう。そういう人は、電話でも良い。パソコンやスマートフォンを使えば、テレビ電話が出来る。相手の顔を見ながら通話出来るのだ。

自分の気持ちや状態を伝える手段は、他にも沢山あるだろう。そんな中でも、より正確に、相手の心境を知り、自分の伝えたい事を言葉で確実に伝える為には、直接顔を見合って、〝会話〟する事が大切なのではないだろうか。

15　自然からの警告

1

日本には春夏秋冬という四季がある。春には桜が咲き、眠っていた生き物達が顔を出す。六月頃には梅雨の時期を迎え、毎日の様に雨が降り注ぐ。夏には、向日葵が咲き乱れ、木々は緑に色付き生き生きとしている。空を見上げると、くっきりとした入道雲が浮かんでいる。秋になると、木の葉は、赤や黄色へと変化し、見事な紅葉を見せてくれる。八月から九月にかけて、台風が発生する。その後、冬を迎える。木の葉は枯れて、落葉し、花は散って行く。雲は、一筆書きをした様な形になり、風に流されて行く印象を与える。一年を通して、自然はこの様な変化を辿って行く。

季節の変化に伴って、人間の生活も移り変わる。春は始まりの季節だ。卒業・入学・進級・就職の中で別れがあり、新しい出会いがある。着る物は、皆、薄手で明るい色をしている。ドキドキ・ワクワクする事が増える。夏は、学生にとって最も長い休みがある。人々は、半袖になり、青空の下を駆け回る。冷たい飲み物や、アイスクリームを食べ過ぎ、夏風邪になる人も居る。秋になると、美しい紅葉を見に、出掛ける人が増える。四季の中で一番過ごし易い季節だ。〝食欲の秋〟〝読書の秋〟と言われる。冬が来ると、自然の変化の影響か、何となく寂しい気持ちになる。街行く人は皆、厚手の服を着込み、首を縮めて歩いている。

　この様に、季節が移り変わって行くお陰で、私達日本人は時の流れを感じる事が出来る。

2

しかし、その大切な四季が失われようとしている。地球温暖化の影響である。そもそも、地球温暖化とは何なのか。それは、大気汚染によって、地球の内側に張り巡らされているオゾン層が破壊され、地上に届く紫外線の量が増えてしまう、という現象だ。それによって、どの季節においても、気温が年々上昇している。そして、季節のずれも生じている。〝暖冬〟という言葉も使われる様になった。春に咲くはずの桜は、冬に満開を迎え、入学式の頃には散ってしまっている。夏を過ぎ、秋を迎えようとしている時期に、まだセミが鳴いている事もある。そして、冬の一大イベントであるクリスマスの日に、雪が降る事は無く、晴天が広がっている。そうかと思えば、何十年に一度という大寒波が到来し、大雪が降る事もある。こんな様子では、季節を全く感じる事が出来ない。

この様な事態を招く原因を作ったのは、全て人間だ。車やバスによって排出される、大量の排気ガスによって空気が汚染されて行く。寒い時には暖房を入れ、暑い時には冷房を入れている。山を切り開き、スーパーや娯楽施設を建てる。この様にして、自然環境を破壊し、人間的な利益だけを求め行動した結果なのである。

田舎に行くと、未だ自然の変化を感じる事が出来る。農家で育てられている作物を見たり、夜空を見上げ、星空の動きや変化を観察する事が可能だからだ。しかし、都会は違う。幾つもの高層ビルが建てられ、ただ歩くだけでぶつかりそうな程、人々が行き交っている。夜になっても、建物から溢れる人工的な光で、空を見る事すら出来ない。これが、人間が追い求めて来た世界だろうか。まるで人間の為だけに存在している様に思える。

4

日本らしさの象徴とも言える四季を失う事が、どれ程重大な事か考えた事があるだろうか。人間が生きて行く為に絶対的に必要となる物が酸素だ。生きていれば、誰もが当然の様に呼吸している。しかし、良く考えてみると、酸素を作り出しているのは植物だ。人々が簡単に伐採している木々は、排出された二酸化炭素を吸い込み、新鮮な酸素を排出してくれているのだ。そのお陰で人間は生きている。そんな大切な大自然の命を勝手な判断で奪ってしまって良いのだろうか。

5

地球温暖化が進むにつれて、自然災害が増えた。自然災害は〝天災〟とも言える。地震による津波、大雨による土砂崩れ……。天災は、大勢の命を奪う。これらを〝仕方が無い〟と割り切ってしまってはいけない。これは、天から与えられたチャンスなのだ。自然がどれだけ人間にとって大切な存在なのか考え直す時が来ているのだ。

私は日々、〝自然を感じる〟事を習慣にしている。一日の中で、ふとした瞬間に、風を感じ、空を見上げ、雲の流れを見つめる。雨の日には、雨音に耳を澄ませ、植物が背筋を伸ばし、いつも以上にキラキラと輝いている事に気が付く。晴れの日には、生き物達が軽快に動き回り、植物は太陽の光を受け、生き生きとしている姿を見る。こうして、自然を観察し、感じる事で、自分が自然に生かされている事に気が付くのではないだろうか。

都会で生活している人は、一度大自然に囲まれた所へ足を運んでみると良い。そして、人の手が加わっていない自然の道を無心で歩く。辺りに広がる植物や、楽しそうに跳んだり跳ねたりしている生き物達に目をやる。そうすると、次第に自然に対して、優しく温かい気持ちが湧いて来るだろう。

6

人間が自然を破壊する事で、野生動物の生活にも影響を与えている。森林伐採によって、食料となる木の実や樹脂が無くなり食べる物に困った動物達は、食料を求めて民家へ入り込む。それを見た人間は、退治しようと考える。時には、人間に被害を与える事もあるからだ。人間が取った行動が引き起こしたとも知らずに……。

この様に考えると、人間という生き物はあまりにも自己中心的過ぎるのではないだろうか。植物・動物達が伝えようとしてくれている事を、素直に受け止め、考えや行動を改めるべきではないだろうか。

誰もが〝歯磨き〟という習慣を持ち、〝しないと落ち着かない〟という人も居るだろう。それと同様に、〝自然が無いと落ち着かない〟という気持ちを持てる様になって欲しい。それ以前に、自然が滅びると、生きる大前提である呼吸が出来なくなるのだ。空気中には二酸化炭素が充満するだろう。そして、人間もいずれ滅びてしまうだろう。

「忙しくて、自然を感じる暇が無い」と言う人も居るだろう。しかし、時間というのは自分で作り出すものだ。周りを見渡すと、どんな時でもゆとりを持って行動している人が居る。その様な人は、五分という空き時間が出来た時には〝五分もある〟と考える。〝たったの五分しか無い〟と考える人は、貴重な時間を有意義に使えていない。時間に対する考え方を見つめ直し、その中のほんの僅かな時間を、自然の雄大さを感じる時間に充ててみてはどうだろうか。

自然は有限の資源だ。今の世の中で考えると、永久に生き続ける事は不可能である。

今一度、自然の素晴らしさ、有り難みを感じ、自然が在るからこそ生きて行けるという事に感謝して過ごして行く事が、自然に対する恩返しに繋がるのではないだろうか。

16 オンリーワンの命

①

人は何故、順位を付けるのだろうか。自分と他人を比べ、一喜一憂するのだろうか。子供の頃に経験するのが、運動会や作文だ。運動会では、幾つかのチームに分かれ、リレーを始め、様々な競技を行う。その一つ一つに順位が付けられ、最終的には、チームとしての総合優勝が決定する。又、作文を書くと、良く書けていると思われた人には賞が贈られる。これは、大人の世界でも同じだ。仕事の成績が良い人は褒められ、悪い人は叱られる。

人には皆、個性がある。得意な事もあれば、苦手な事もある。世の中に天才は居ない。天才と呼ばれる人は、『99%の努力と1%のひらめき』があったからこそだ。

同じ目標に向かって、切磋琢磨するのは大切な事だ。しかし、人と自分を比べてはならない。乗り越えるべき相手は他人ではない。過去の自分だ。そして、目標とするのは未来の自分だ。〝人は人、自分は自分〟なのだ。例え、上手く行かない事や認められない事があったとしても、気にする必要は無い。そこが、本当に自分の居るべき場所では無いというだけだ。諦める事無く、探し続けて居れば必ず、自分らしく輝ける場所が見つかるはずだ。

2

人生に無駄な事は何一つ無い。その真っ只中に居る時は、何の意味があるのか、何の役に立つのかと考えてしまうだろう。しかし、後々になって、これまでに経験した事が生かされる時が必ずやって来る。学生時代に学んだ事と全く違う職業に就いたとしても、学んだ事は必ずどこかで役に立つ。その時にようやく〝あの時があったからこそ、今がある〟と思える様になる。

3

〝自分〟という存在は、この世にたった一つしか無い。自分にしか無い個性を各々が持っている。成長して行く中で、自分だけの個性・魅力を見つけ出し、それを最大限に生かす事が出来る場所を探す。どんなに些細な事でも良い。その才能が、必ず誰かの役に立ち、人を救い、自らも喜びを感じる事が出来る様になる。

4

人間にとって一番苦しい事は〝誰からも愛されていない〟と感じる事だ。誰もが、自分の居場所を求め、存在を認めてもらおうと努力する。しかし、人は、生きているだけで誰かの役に立てる。何も出来ないと感じていても、〝生きている〟という事に喜びを感じてくれる人が必ず居る。傍から見たら赤の他人であっても、誰かにとっては大切で、なくてはならない存在なのだ。

5

一番にならなくても良い。人と競い合う必要は無い。あなたは、世界でたった一つの尊い存在なのだから。

〝誰かの役に立ちたい〟と思った時、一番大切なのが生きる事だ。あなたのその笑顔や何気ない言葉に救われる人が大勢居る。どんなに苦しく、辛い時でも、感謝の気持ちを忘れないで欲しい。家族だけで無く、自分と関わっている全ての人、更に、自分を支えてくれている人にとって大切な人にも……。その全ての人のお陰で今の自分が在る。

苦しい時、辛い時、助けを求めれば、必ず手を差し伸べてくれる人が現れる。あなたの生きる姿を見守り、応援してくれる人が居る。一人ではどうにも出来ない壁にぶつかった時は、人の手を借りて、乗り越えて行けば良い。

6

私の親を見ていると、夫婦というのは良く出来ていると思う。お互いの長所・短所を認め合い、お互いが個性を出し、信頼し、足りない部分を補い合って生きている。それを見て育った私達兄弟は、人として生きる上での教訓を学び、多くの人と関わりを持っている。そうして、一つの家族が成り立っている。人というのは、本来、助け合い支え合って生きて行くべきなのだ。

7

大切な人が亡くなった時、人は悲しみ、涙を流す。それは、その人にとって、欠けがえのない存在だったからだ。心の支えとなっていた人の一人だったからだ。最期を迎える時、誰かに惜しまれ、この世を去った後も、誰かの心の

中で生き続ける事が出来る人になって欲しい。その為にも、自分の信念を心に
掲げ、自分らしい生き方を見つけて行こうではないか。

17　長所・短所との上手な向き合い方

①

人は誰しも長所・短所を持っている。〝長所と短所は表裏一体〟という考え方がある。つまり、捉え方によっては、一つの考え方の傾向が良い方向に行けば長所、悪い方向に行けば短所と見る事が出来る、という事だ。

私は生きて行く上での信念として、「決めた事は最後までやり通す」「心をスポンジの様にして何でも吸収する」という事を、常に心に掲げている。この信念は時に私を強く成長させ、時に私の心を苦しめる。

身近な話題で言うと、〝部活に入ると決めた―練習がきつい、コーチ・先輩が厳しい―最後（卒部）までやり通す〟といった感じだ。

2

私は、褒められて伸びるというより、叱られてそれを励みに、言われた事を、全て吸収して上を目指すタイプだ。そして、何をするにしても完璧を求める。自分の中で限界を作らず、更に上を目指そうとする。それが、好きな事であれば、心の負担になる事は無い。しかし、苦手な事や本当は進んではいけない方向である場合も、同じ考えで突き進んでしまう。この考え方で、何度も命を絶とうとした事がある。

3

二十一歳の夏、うつ病を患い入院生活が始まった。元々は摂食障害から始まり、甲状腺機能低下症も加わり、最終的に〝うつ病〟という診断名が付けられた。

うつ病になると自分の存在意義・生きる意味を考え始める。これは、うつ病を経験した事が無い人に相談しても、求める答えは返って来ない。何故なら、生きる事が当たり前で、その様な事を疑問に思った事が無いからだ。そもそも、〝何故そんな事を考えるのか〟と流されてしまう事が多い。そんな中で、誰にも相談出来ず、ひたすら生きる意味について考え、答えが出なかった時、思い詰め死ぬ事を選んでしまう。私も、〝死のう〟と決意した事があった。そして、必ずギリギリの所で、気が付き、止めてくれる人が現れた。〝決意した〟というより、その方向へと脳が支配され、思考が動かなくなっていた。その為、本当は〝生きたい〟という気持ちがあるのにも関わらず、無いかの様に思えて来るのも、この病気の怖さだ。そうして、信念の通り、死ぬ事を実行に移そうとした。しかし、矛盾する様だが、死ぬ事無く、今こうして生きている。

つまり、前述した信念は、私の長所でもあり、短所でもあるという事だ。

私は良く、「優しい」と言われる。自分では全くその自覚は無く、ただしたい事を思うままにしているだけだ。その行動を見て、人は「優しい」と言う。一度、ある人に、〝何故皆、優しいと言うのか〟と訊いた事がある。

その人は「自分の事を後回しにして、人の事ばかり考えているから。どんなにきつくても笑ってるから。」と答えた。これは、全て、無意識にしている事だ。子どもの頃からの生活で身に付いた考え方の癖だ。自然とこういう行動をとっている。

その考え方も、私の長所であり、短所でもある。人の事を考え、行動するのは悪い事では無い。むしろ、喜ばれる事の方が多いだろう。しかし、自分の気持ちを抑え付け、人に気を回し続けて居ると、ストレスが溜まり、自分の心を苦しめる事になる。優しい気持ちで人と接する事は大切な事ではあるが、まずは自分自身の心と向き合い、自分に優しく生きて行く事で、私自身の長所・短

4

所が上手く調和して行くのだろう。

18　病からの贈り物　～人生を振り返って～

①

私は一週間かけてこのエッセイを書き上げました。その全てが実体験に基づき、私が見てきた世界です。未だ人生の半分も生きていません。これからの人生で、就職・結婚・出産・育児……と様々な経験をするのだろうと思います。その中で、喜びや悲しみを感じ、更に成長して行きたいと思っています。

二十二年と言う年月を過ごす中で、家族の皆に何度も救われました。有難う。そして、この家族の一員として生まれて来る事が出来て、本当に良かったです。五人の家族だけで無く、従兄弟・伯父さん・伯母さん・おばあちゃんを含めた全員が大好きです。

一人一人個性的で、私には無いものを沢山持っていて、それぞれが置かれた場所で輝いています。そして、皆が家族想いで、優しく、温かい心を持っています。その心にいつも支えられています。

2

エッセイを書き進めるにつれて、自分の考え方や生き方を見直し、人生を前向きに考えられる様になりました。様々な分野で、勉強になった事が沢山ありました。私には、未だ未だ知らない事が山の様にある事に気が付き、一生勉強する事があると感じました。

3

今、私が心に掲げている事は、人生を楽しむという事です。一度切りの人生です。やりたい事を見つけ、その事に全力を注ぎたいと思っています。

病気になった事によって学んだ事が沢山あります。一度、立ち止まり、自分を見つめ直す貴重な時間になりました。病気が、人生において大切な事を沢山教えてくれました。そんな大事な機会を与えてくれた神様に感謝しています。

4

現代では、自ら命を絶つ人が後を絶ちません。ストレス社会で生きている以上、生きる事に耐え切れなくなってしまう人の気持ちも良く分かります。でも、一度足を止め、これまでの人生を振り返り、再び生きる希望を持てる様になる人が、少しでも増えて行くと嬉しいです。

5

苦しみや悲しみに心を痛めている人にとって、最も必要なのが愛です。様々なテーマについて考えて来ましたが、どのテーマも最終的に行き着く答えは〝愛〟でした。どんなに貧しくても、愛があれば人は生きて行く事が出来ます。愛に飢えている人は、人に愛を与える事が出来ません。愛で満たされた人が、他の誰かに愛を分け与え、世界中に愛が満ち溢れる日が訪れる事を願います。このエッセイを読んで、一人でも多くの人が自分自身の未来に希望を持つ事が出来る様に祈って居ます。

6

お父さん、お母さん、お兄ちゃん、弟、健、いつも温かく見守り、私の未来を信じて居てくれて有難う。心を癒してくれて有難う。今、家族の有り難み・大切さを感じられる様になりました。

これから、もっと険しい山を目の前に迎える事があるかもしれません。私一人では、どうにもならない事が出て来ると思います。その時は必ず、一番に家族に相談し、時には力を借りながら、乗り越えて行きます。家族皆が、充実した毎日を送り、いつまでも健康で長生き出来る事が私の幸せです。

⑦

〝病は気から〟という言葉は本当だと思います。人間には、自然治癒力が備わっていて、生きる希望を見失わない限り、どんな病でも治す事が出来ると実感しました。薬を最小限に留め、規則正しい生活と周囲の人の支えがあれば、元気に過ごす事が出来ます。

自分にとって、不運に思える事であっても、それは、自分にとっての試練であり、そこから学ぶ事は沢山あります。今後も、常に感謝の気持ちを忘れずに過ごして行きます。私と関わってくれている全ての人に感謝の気持ちを込めて……。

＊他章と文体が異なっているのは、私のありのままの想いを届けたいと思ったからです。あなたの寛大な心でお許し頂けると嬉しいです。

解説

『人生はプリン』この言葉は、私の兄が、私の性格・長所を考え、プリンに例えて贈ってくれた言葉です。

誰もが、一度は目にした事があるプリン。それは、一見クリーム色の食べ物である様に見えます。

しかし、食べ進めて行くともう一つの色が見えて来ます。

「プリンと同じ様に、人間関係においても、その人を一つの角度から見て好き嫌いを判断するのでは無く、様々な角度から見て、深く知って行く事で、見えなかった一面を見る事が出来る」

「あなたは、どんな人とも壁を作らず、分け隔て無く接する事が出来る人だ」

そんなメッセージが込められています。

自分がどんな人間かは、自分自身が一番よく分かっていません。

近すぎて、一つの考え方で、一面的にしか見る事が出来ないからです。

しかし、一番身近な存在である家族から、少し離れて見てもらう事で、気が付かなかった一面を見つける事が出来ます。

自分の持つ考え方のほとんどは、意識している事ではありません。自然とそうなっている、という事が多いと思います。

兄からこの言葉に込められた意味を聞いた時、とても嬉しく、そして温かい気持ちになりました。

自分の事をしっかり見ていてくれて、認めてくれた事に対して……。

兄から贈られたこの言葉をどんな時も胸に留め、この先も過ごして行きます。そして、私も周りの人の良い所を見つけ、素敵な言葉を贈って行きたいと思います。

私が見てきた世界
～人生はプリン～

2016年12月11日発行

著　者　癒野　心

発行所　ブックウェイ
〒670-0933　姫路市平野町62
TEL.079 (222) 5372　FAX.079 (223) 3523
http://bookway.jp
印刷所　小野高速印刷株式会社
©Kokoro Iyashino 2016, Printed in Japan
ISBN978-4-86584-200-5

乱丁本・落丁本は送料小社負担でお取り換えいたします。

本書のコピー、スキャン、デジタル化等の無断複製は著作権法上での例外を除き禁じられています。本書を代行業者等の第三者に依頼してスキャンやデジタル化することは、たとえ個人や家庭内の利用でも一切認められておりません。